続々「美人でお金持ちの彼女が欲しい」と言ったら、ワケあり女子がやってきた件。

小宮地千々
Re岳

GCN文庫

天道つかさ
志野伊織
志野美鶴

沢城麻里奈
「え、もしかして沢城さん、ですか？」
「そう、君の先輩で――
そこな天道つかさ嬢に恋人を
寝取られた可哀想な女だよ」

「伊織くんに改めて誰にも
させなかったこと、私の全部を
あげて、キミにも私にも今までで
一番だって思えるセックスをした
かったの——いけない？」

続々・「美人でお金持ちの彼女が欲しい」と言ったら、ワケあり女子がやってきた件。

著：小宮地千々
イラスト：Re岳

GCN文庫

CONTENTS

第一話　冬、雨模様?

「ねえ伊織《いおり》くん」

「うん?」

「今日の私を見て、何か気づくことはない?」

　行きかう着ぶくれした学生たちとは対照的に葉も落ちて寂しい様子の街路樹をぼんやりと眺めていた僕に、向かいの席に座った恋人は面倒な気配のする切り出しで話を始めた。

「ええ……?」

　急遽《きゅうきょ》はじまったクイズの答えを探して、テーブルの上で僕の手をもてあそぶ彼女をあらためて注視する。

　服の枚数に比例してお洒落《しゃれ》力が高まるタイプの天道《てんどう》つかさは、今日も今日とてその偏差値激高《げきだか》の顔面に引けを取らないばっちり決まった姿だ。

　僕にわかる違いといえばせいぜいその日の服が高そうか、すごく高そうかくらいのものである。

髪は少し前に切ってたはずだし、日々のメイクの細かな違いにまで気を配れってほど僕への要求は高くないだろうしな……。

「なんだろ、わかんない」

「もっとよく考えて」

しょうがなく掲げた白旗は無慈悲に打ち倒された。うーん。

「――それは、つかささんの服装に関すること？」

「ノー」

「髪の色が変わった？」

「ノー」

「外見に関すること？」

「最初にそう聞けばいいんじゃない？　ノー」

「それはそう」

でも外見に関することじゃないなら見て気づけっていうのは一体なんなんだろう。

「えーと、じゃあなにか僕に関係すること？」

「部分的にイエス」

「とりあえず謝った方がいい？」

「仮にそうだとしたらその一言で余計こじれると思うけど、部分的にノー」

部分的には謝った方がいいのか……。

「えーと、じゃあ『なにかまたつかささんが面倒くさいこと言いだしたぞ』と僕が内心で思っていることに怒ってる」

「そんなこと思ったの？」

「まぁ、部分的には？　いたいいたい」

もてあそんでいた僕の手を天道がぺちぺちと軽く打つ。

かなり穏当になってきたけどもなじみのご不満表明だった。

「もう」

「ごめんて。それで、正解は？」

「意地悪する人には教えてあげない。そろそろ移動しましょ」

「完全に叩かれ損じゃん……」

「大げさね、ちょっとじゃれただけよ」

「まぁそうだけどさ」

痛くなかったでしょ？　と続けた彼女のバッグを一つ引き受ける。

しかし女子がどうしてこんなにも沢山バッグを持ち歩く必要があるのかは、いまだに謎の一つだ。

「ありがと」

「お礼にさっきの答えを教えてくれてもいいよ」

「そうね、じゃあ次の講義のあとで教えてあげる」

「それでも九十分はもやもやさせる気なんだ……」

空いているほうの僕の腕に腕を絡めてぐいぐいと体を押し付けながら、天道は悪戯《いたずら》っぽい笑みを浮かべた。

「これで、講義が別の間でも私のこと考えてくれるでしょ」

また面倒くさ可愛い（造語）こと言い出してる。

「多分今日あたり試験範囲の説明とかあると思うんだけど」

「その時はお友達を頼ったら？」

「そんなこと頼んだら呪い殺されそうだなあ……」

ごめん彼女のこと考えてたからノート貸して、とか言われたら僕もキレそう。

クリスマスも近いし、完全に浮かれ野郎扱いされるぞ。

「じゃあ、伊織くん」

「うん、終わったら迎えにひょうっ」

行くから、と続けようとしたところで天道の細い指がなんともくすぐったい動きで僕の指のあいだを撫でた。

実に楽しそうでちょっとサディスティックな笑みを浮かべた恋人は、僕の頬に触れるだけのキスをすると、預かっていたバッグを受け取ってさっと身を離した。

「またあとでね」

「——うん、あとで」

こういう点は季節が二つほど変わってもいまだに太刀打ちできる気がしない。

颯爽と歩き去っていく天道を見送って、自分の教室へと向かう。

どうにも一部始終を見ていたらしき友人の目は冷たかったけども、幸いにもノートを借りなくちゃいけない事態にはならなかった。

§

——学祭のあとミスキャンパスコンテストで特別賞をとった天道（と僕）の周囲の反応にはちょっとした変化があった。

すなわち今まではあの天道扱いか無関心かの二択だったのが、批判的な層、ミスキャン効果で肯定的になった層、相変わらずの無関心層――そしてワンチャン《もっかい》ヤレないか、と粉をかけてくる連中の四択になったということだ。

人って本当に愚かだな……。

これの特にひどいところは、たまに僕と付き合ってるのを知らないのか、あえて無視しているのか、僕の目の前で平然と彼女に声をかけてくれることだ。

まぁおおむね天道に切って捨てられて終わるけど。

そして一部の窮《きわ》まった層に透明人間扱いされようとも、僕がそばにいたほうが多少は彼女の手間も省ける。

水瀬《みなせ》や葛葉《くずのは》なんかも、一緒にいる時は盾になってくれてるらしいけど、あんまり迷惑かけるのもなと、講義が別だったときに迎えに行くのは最近のルーティーンだった。

「あ、伊織クン」

「あれ、葛葉」

そうして道中で天道と同じ講義を受けていたはずの手ぶらの葛葉に出くわした。

サボったわけじゃないだろうけど、帰りにしては荷物がないし……あぁトイレか。

そう結論に達したところで、葛葉はわざとらしく頬を膨らませた。

「もー、またデリカシーのなかこと考えとろー？」

「心を読むのは止めてくんない？」

顔に出やすい自覚はあるけど、ちょっと動きが止まったのが良くなかったんだろうか。

「えー？　顔に書くほうが悪かもーん」

ちょっとあざとい感じで言って葛葉は僕の前を歩きはじめた。

厚手のセーターがかえって童貞特攻を増してる感じのある葛葉真紘《まひろ》は、入学以来の天道つかさの友人であり、それにもかかわらず僕を狙って天道とミスキャンパスコンテストで争い、その後ちゃっかり元サヤの友人枠に収まったタヌキ顔でHカップのゆるふわモンスターだ。

女子の友情がそういうものなのか、二人が特殊なのか、いずれにせよ少々えらそうな言葉で拒絶した身としては戸惑うところがないでもない。

「なーん、ウチのことじっと見て。つかさちゃんに言うよー？」

「告げ口する小学生みたいなこと言うじゃん……別に、困るようなことはないよ」

とはいえ、きゃらきゃらと笑う葛葉を見てると僕が気にするところでもないという気はしてくる。

「あ、ちょお待ってー」

大きめの講義室の入り口に差し掛かったところで葛葉が腕で僕の胸を押さえた。

すすす、といった感じでちょうど出てきた学生をよけると、怪訝《けげん》そうな顔をされるのにも構わず、ドアから半分だけ顔をのぞかせるような感じで教室内をうかがう。

「逆に目立たない？　それ」

「しー。あー、あん人まだ残っとー」

奇行の原因はとある人物らしいけど、元カレでもいるのかな？　いや、でも葛葉がそれくらいで怯むってのもちょっと想像できないけど……。

なんとなく彼女にならってドアから顔だけを出して中をのぞくと、すでに人がまばらになった教室で、いかにもチャラそうな男子が天道に声をかけていた。

キレそう。

また今日のチャラ男は雰囲気じゃなくイケメンなのがかえってアレだな……。

「伊織クン、こわーか顔しとーよ？」

「ちょっと今冷静さを欠こうとしてるだけだから」

「そがんこと冷静に言う人おらんくない？」

いるよ、ここに一人ね。

「それで、あの人となにかあったの？　嫌そうだったけど」

葛葉もミスキャンパスコンテストでファイナリストに残るくらいの顔が良い系女子だ、

男子のあしらい方には慣れてる感じがある。

　ぱっと見で葛葉の守備範囲には思えないし、元カレじゃないとしたらしつこくアプローチされてるとかだろうか。その割には天道と親し気《げ》だけど（半ギレ）。

「んーん、松岡《まつおか》さんとはウチはなんもなかけどー。あがん軽ーか感じの人って騙してえっちなビデオに出演とかさせてきそうな気がせん？」

「それはさすがに風評被害じゃないかな……」

　個人的には同意したい気持ちがないでもないけど、あれ、でも松岡ってなんか聞いた名前だな……？　「ウチは」って言い方もなにかありそうだし。

「あ、でもね伊織クン。つかさちゃんも迷惑そうやったけん《だったから》ね？」

「そこはもちろん信じてるけど。……あー、あー確かバスケサークルの人だっけ」

　天道を弁護するように付け加えられた言葉で記憶が繋がった。

「そう、そん人。浮気がバレて彼女に振られたとって」

「いや、そこまでは知らないけど」

　僕の高校の同級生である小倉香菜《おぐらかな》と天道が険悪な仲になった原因で、確か当時マネージャーと付き合っていたのに天道にちょっかいかけた上級生だって話だ。

　話をするには面倒な相手に思えるけど、抜けられないのかな。

あぁ、葛葉の帰りを待ってるんだろうか。

となるとさっさと行った方がいいな。

「よし、行こう」

「伊織クン、どこ行きよると《ってるの》？」

「や、見つからない方向から入ろうと思って」

「ええー？」

「そっちの方が意表を突けるし」

教室後方の入り口に回ろうとする僕に葛葉は微妙な顔をしたけども、なにごとも主導権を握るのはとても大事だ。そのために奇襲はいつだって有効だ。

天道との付き合いの中で身をもって学んだ教訓だ。

「えー、でも格好わるかよー」

他人に理解してもらえるとは限らない教訓だけども。

§

「――つかさちゃん、そう言えば彼氏とはどうなの？　なんか意外に長続きしてるっぽいけど」

「上手くいってますよ、冬休みも沢山予定入ってますから」

「へえ……あぁ、そういやなんか夏あたりに家の人にバレて、怒られたんだっけ？」

「そうですけど……それがどうかしました？」

「いやそういうことなら慎重になってたのもわかるじゃん。でも、そろそろほとぼりも冷めたんじゃない？　クリスマスあたりどっか都合つけられないかな」

「――松岡さん、彼とは上手くいってるって、聞こえませんでした？」

「いや、ちゃんと聞いてたよ？　イブの夜なんて無理言わないから、昼でいいんだって。俺にも本命いるし」

「本命がいるなら、クリスマスはそちらの方と一緒に過ごされたほうがいいと思いますけど」

「あぁ大丈夫大丈夫。俺も春から社会人だし、今度の彼女はそこらへんちゃんとしてるよ。ちょっと大人しいけど、飯とかも作ってくれる聞き分けのいい子でさ」

「それなら今更私に構って、悲しませない方がいいんじゃありません？」

「でもさ、それとセックスって別じゃん？　つかさちゃんならわかってくれると思うんだけど」

「……はぁ、経験談で言いますけど、また痛い目見ますよ？　あの時もさんざん揉めたんでしょう。私も相当恨みを買ったんですから」

「あー、カナのこと？　アイツ思い込み激しいからなあ。ちょっと絡んでやったら彼女面《づら》してきてさぁ。俺も迷惑してたんだよ」

うーん、聞くに堪えないとはこのことだな。

陽キャイケメンと僕で、ここまでものの価値観が違うとは思わなかった。

いや、勝手に彼を代表扱いしたら世のイケメンに抗議されるか。

「つかささん、お待たせ」

話に夢中になってたからか、あるいは教室であんな話ができるあたり周囲の人間はわき役だと思っているのか、こちらに全く気づいてなかった松岡先輩《パイセン》は怪訝そうな表情を浮かべた。

ぱっと見で身長は僕とそう変わらない、少なくとも大きく負けてはない。

体格は現代社会でもサバンナでも通じる原始のマウント要素だからな。

顔とファッションでは、うん、うん……ってなるけど、正直負けてるとは認めたくない相手だ。しっかし高そうな靴はいてるな……。

「つかさちゃん、知り合い？」

「彼です、熱愛中の」

「つかささん、お友達？」

「ううん、ただの知り合い」

天道の容赦ない一言で、イケメン顔がひきつるのはちょっと痛快だった。

狙ったこととはいえ少し暗い喜びを覚えるな。

「つかさちゃんごめーん、カバンとってー？」

「もう、楽しないで回ってきなさいよ」

「だってー、伊織クンたちで通れんけんしょんなかと《しかたないの》」

続けて葛葉がさりげなく邪魔アピールをすると、さすがに歓迎されてないことは察したらしい。

そのまま尻尾巻いて帰ってほしいと切に思う。

「あー、キミが、つかさちゃんの今カレね。ハジメマシテ、俺法学部の松岡、四年ね。さっきの『知り合い』ってのは冗談で、彼女とは一年のころから仲よくしてもらってんの」

今ってなんだ、我初カレぞ？

同時に九十九番目の男でもあるけど。

「二年の志野《しの》です。そうですね、つかささんは顔が広いから、ミスキャンのあとから先輩みたいな人、よく見ますよ」

どうにも向こうからしても僕は歓迎されない相手のようだし、それならまぁやり返してもいいか、と応じたら近くで吹き出す音が聞こえた。

天道と葛葉のどっちかと思ったらどうも近くの席に残っていた野次馬らしかった。

うーん、あんまり刺激しすぎるのもあとが面倒なんだけどな。

「へぇ、いや意外って言っちゃなんだけど……大人しそうっていうか、はっきり言って地味だね、彼氏くん。つかさちゃんと付き合うの大変じゃない？」

「初対面なのにご親切にどうも、でもあなたには関係ないことなので」

しかしどうしてこういう輩《やから》はこっちがちゃんと名乗っても、かたくなに名前では呼ばないんだろうな。

まぁ、別に記憶してほしくもないけどさ。

「おお怖、なんでトガっちゃってんの？　図星？」

「はぁ、それで話終わりなら、帰りますけど」

うーん、最近天道の指導で見た目の印象は自分でもだいぶ変わったと思ったんだけど……冗談っぽくみせてるけど『陰キャが生意気にも噛みついてきた』って感じの反応なんだよな。

どうにも侮られてる感がある、この人が特別アレなだけならいいんだけど。

「つかささん」

「ええ」

視線を向けると、ちょっと面白そうな顔をしていた天道が頷いて席を立つ。

葛葉がすかさず腕を取ったのは先輩から隠れてるのか、友人の気遣いなのか。

「――ああ、つかさちゃん、何かあったらまた連絡してよ、彼氏とか友達には言えない愚痴もあるっしょ」

「お気持ちだけで結構です、私、彼と付き合いだして、はじめて満足してますから」

悪あがきの言葉にばしりと言い返した天道は、それでも気が済まなかったのかちょっといじめっ子っぽい表情を浮かべて、続けた。

「それと、一般論ですけど松岡さん。口説くのに苦労しない人って、本人が思っているよりそこそこどまりって人、多いみたいですよ?」

経験値も激高の天道が言うとものすごい説得力だな……！

「……あぁ、そう?」

情け容赦ない自尊心への一撃に、ものっそい顔になってそれだけしか言えなかった松岡先輩の心中は察せども、同情する気には全くなれなかった。

§

一足先に講義に向かった葛葉に遅れること十分、僕たちが学食から外へ出ると空はまだ曇っていたものの雨は上がっていた。

「はぁ……」

ため息が白い色彩をともなって冬の空気に溶け消える。

「どうしたの、食べすぎた?」

「いやー、今更だけど。ちょっとさっきのアレがさ」

必要なことなら譲る気は全くないけど、それでも積極的に他人と衝突したいとは思わないし、なによりやっぱり愉快でなかった。

「あぁ、あんな人のこと、気にしなくていいのに」

「まぁね」

あの塩対応っぷりじゃ浮気の心配は全く起きないけど、やっぱり過去は石の下からミミズのように這《は》い出てくるんだって考えると多少憂鬱《ゆううつ》なのが一つ。

もう一つは……。

「でも僕がもうちょっとイケメンで隙が無ければ、ああいうことも減るんじゃないかなぁって」

「あら、私もだけど真紘も伊織くんの方が良いって言ってたじゃない」

「いや、それはあんまり参考にならなくない？」

少しも嬉しくないって言ったら嘘だけど、葛葉は決して趣味が良いとは言えないからな……いやそれは天道も、になるのか？

「必要以上に自分を大きく見せようとしないのは伊織くんのいいところだと思うし、私は好きよ」

「あー、うん。それは、ありがとう」

まぁああいう陽キャに張り合うためだけに終始オラつくのは疲れそうだし、それこそキャラじゃないけどさ。

あとどっちかっていうと隣でさらりとイケメン発言する彼女がいるから、自分の力不足が気になる説が浮上してきたな。

「でもつかささんくらいにはイケメンになりたいかなって」

「私？　まぁ、挑戦してくれてもいいけど……私以外には控えてね。朝の答え合わせだけど、今の伊織くんモテ期に入ってるんだから」

「ええ？」

　僕が知らない事実が来たな……。

　あとさらっと自分のイケメンっぷりを肯定するあたり自信があり過ぎる。

「モテ期って言われても身に覚えも心当たりもないんだけど」

「私といる時に女子が話しかけてくること増えたでしょ？」

「あー……あぁ……？　そう？」

「そうよ」

　そうかな……そうかも？

　本当に心当たりは全くないんだけど、天道が言うのならその可能性もあるのかもしれないけど。

「え、じゃあ朝の面倒くさいムーブはヤキモチ焼いてたってことだったの？」

「伊織くんはちょっと結論を急ぎ過ぎね」

「え、じゃあ違うの？」

「そうは言ってないわ」

　あと面倒くさいって言わないで、とわざとらしく天道は気分を害したみたいな顔をして見せる。

まぁつまるところはヤキモチだったたってことで良いんだろう。

それだけでちょっと憂鬱だった気分がどこかに行ってしまった。

我ながら単純だなあ。

「――でも人生で何回かはモテ期が来るって聞いたけど、大丈夫そ？」

「その前に既成事実でキミを雁字搦《がんじがら》めにするから大丈夫よ」

「それはもう済んでる気がするな……」

まぁ実際のところ今更モテ期が来られても困るんだけど、ヤキモチを焼く天道は見たいかもって浮かんだあたり危ない気がする。

モテが人を傲慢にする例をついさっき見せられたし、かといって非モテは卑屈さにもつながる。うーん、加減が難しい。

そんなやりとりを楽しんでいるとブオン、と大きなバイクの排気音が聞こえた。

駐輪スペースから音には不似合いな徐行で出てきた中型バイクに、横断歩道を渡りかけていた足が止まる。

オラついてるな、と思っているとと何を考えたかバイクは速度をあげつつ対向車も来ていないのにずいぶんと左側……僕らのいる歩道に寄ったコースを取った。

「つかささん」

念のため左手で彼女を下がらせて僕も一歩を下がる。

あ、と足元の不覚に気づいたときには、側溝そばの水たまりから跳ねた飛沫《しぶき》が僕のズボンを盛大に濡らしていた。

「きゃっ」

「う〜〜〜わッ、つめたっ、さっむ……！」

気づかないわけがないんだけどバイクはそのまま速度をあげて走り去っていく。

「伊織くん大丈夫!?　あのバイク、なに考えてるのよ……！」

声を荒らげる天道のおかげで、かえって僕の頭は冷えた。

「まぁ多分、何も考えてないんじゃないかな……うへぇ」

偶然目に入った高そうな靴には、ついさっき見た覚えがあったからだ。

まぁ、僕の悪印象がそう見間違えさせたのかもしれないし、天道がまた小倉のときみたいに責任感じちゃいそうだし。黙っておこう。

「こんな幼稚なことするなんて、『ヘタクソ』ってはっきり言わなかっただけ感謝してほしいくらいなのに……！」

「あ、犯人、気づいてるんだ？」

「ええ、さんざん自慢されたもの、あのバイク！　器も小さい男ね、許せない……！」

「まぁまぁ、落ち着いて。つかささんは濡れてない？」

「ええ、平気……伊織くん、またかばってくれたでしょ」

天道があんまり怒るもんだからかえって冷静になって、器以外のなにが小さいのか、なんてことまで考えてしまうな……。

「ならいいよ。そりゃあ、つかささんと僕の着てるもんじゃ値段が違うし」

「こんな時にそんなこと気にしないで！　お馬鹿！」

「アッハイ、ゴメンナサイ」

落ち着かせようとした軽口が裏目に出てしまった。

甲斐甲斐しくタオルでズボンを拭ってくれる天道を止めるとまた怒られそうなので、されるがままに処置をお願いする。

「伊織くん、シャワー浴びて着替えてきたら？　部屋も近いし遅刻くらいですむでしょ」

「んー、まぁパンツまでは濡れてないし、三限が終わったらにするよ。頭から範囲の話があるかもしれないし」

「誰かお友達は一緒じゃないの？　神谷《かみや》くんとかにお願いできない？」

「あいにく誰も。まぁ大丈夫だって」

本当は友人が一人一緒だったんだけど、何度かサボった挙句にもうダメだ、おしまいだ、って来なくなってんだよな。

「わかった……風邪、引かないでね？」

「教室は暖房も入ってるし、平気だよ。そんなに心配しなくても、ここ数年風邪なんて引いたことないし、もし引いたら看病に来てくれていいよ」

心配そうな顔をする天道に、そう力強く保証する。

「そこまで言われるとなんだか、かえって不安になるんだけど……」

「平気平気」

もちろん、フラグになってしまった。

第一・五話　彼の不在の証明

「あぁ、もう鬱陶《うっとう》しい……！」

それなりに珍しい友人の愚痴を聞いて、水瀬英梨《みなせえり》と葛葉真紘《くずのはまひろ》は、顔を見合わせた。

「おつかれ、まぁよく我慢したんじゃない？」

「大変やったねー、つかさちゃん」

テーブルの上で組んだ腕に顎をのせて少々据わった目で遠くを見る天道《てんどう》つかさに、ひとまずは労いの声をかける。

「はぁ、わかってたつもりだったけど、一部の男の子って本当にアレね……」

頭を撫でる振りをする真紘の手を押しのけて、つかさは溜息とともにそんな言葉を吐き出した。

「まぁなんて言っても、つかさちゃんは今年の特別賞やもんねー」

真紘が指摘した通り本年度のミスキャンパスコンテストで三位にあたる特別賞に輝いたつかさは、一年前にはもう誰もが認める美人という点は変わらないものの、『恋人がいる男とも構わず寝る』というおおむね事実に基づいたうわさで広く知られた存在でもあった。

その素行は二年に進級しても変わらないかと思われた春先に突如《とつじょ》として婚約するという話で周囲を驚愕させ、その相手が同学部で同い年の地味な男子であることが二度目の衝撃となり、それを機にさっぱりと乱倫を改めて、それが夏を過ぎてからも変わらないことが三度目の驚きとして受け止められた。

以来、人目をはばからない熱愛っぷり（一時は嫌がられているようにも見えたが）と婚約者からの訴訟リスクもあってか、つかさに声をかける男子は、少なくとも表立ってはほぼほぼ絶えていたのだが、受賞祝いはちょうどいい話の口実になったらしい。

その価値を惜しまれたのか、遅まきながらうわさを聞いたものが人の本質はそう簡単には変わるまいと踏んだのか、あるいはつかさが表立っての立場を得たことで過去がなんらかの取引材料になると見込んだか、率直な誘いから迂遠なものまで、つかさへのアプローチは多種多様にわたっていた。

「私は伊織《いおり》くんが喜んでくれれば、それで良かったんだけど……」

「えー、でもつかさちゃんも少しはこ《こ》う《う》がんなるかもってわかっとったろー？」

「まぁ、言っちゃなんだけど、目立っちゃうのはそれはそうでしょって話よね」

そもそもかつて、つかさが好んでそういう相手を周囲に侍《はべ》らせ、都合のいいように利用していたのは否定しようのない事実だ。

それにいい顔はしていなかった英梨と、ある種の互助関係を築いてはいたものの全ての面では同意していなかった真紘であるから自然と言葉も厳しくなる。

「ええ、ええ、自覚はあるけど！　でも伊織くんがちょっと休んでるからってここまで露骨になるとは思わないじゃない？」

もちろんそれは互いの信頼があればこその話だ。

だからつかさも、こうして声を大きくしながら拗ねた声で同意を求めている。

くわえてここ数日はかつての婚約者であり、現在の恋人でもある志野《しの》伊織が体調を崩して休んでいることもあって、誘いの多さが五割増しになっているともなればそういう友人たちに甘えたくもなる。

もっとも、返事はつかさが期待していたほどには優しくなかったが。

「まぁね、そこは思ってたより志野って虫よけになってたんだって感じ。ホンットに増えたもんね」

「最近伊織クンちょっとよか感じになってきとるけん、それもあったとやない？」

「そう？　あんまり変わらなくない？　というかあいつそういうところで張り合うタイプじゃないっしょ」

「その気がなくても、女子も男子もそういう変化って意識するもんよー」

「そういうもん？」

「うん、良くあったもん。付き合ってしばらくしたら、彼氏がほかの女の子と楽しそーに話すようになったりとかー、男の子の友達ががらっと変わったりとかー？」

「あー、そういう……、確かによく愚痴ってたわ」

「そいけん伊織クン本人が意識しとらんでも、遠慮する男子もおるとはおったとやない？」

「今まででも控えめだったっていうのも頭が痛くなる話ね。そもそも、賞を取ったからって、それ目当てで声をかけられて喜ぶと思うのかしら……」

「今寄ってきてる連中なんてそこまで深いこと考えてないでしょ」

「コンテストとか自慢せん方が珍しかと思うけん。そこはつかさちゃんの方がかわっとう《てる》と思うけどー」

「まぁ、ちょっとずつは減ってきてるんでしょ？　もうすぐ休みだし、さすがにそのへんで落ち着くんじゃない？」

「年明けには試験もあるけん、もうちょっとの我慢よ」

「わかってる、だから少しくらい愚痴らせて。今の伊織くんには言えないし」

「まぁそれくらい付き合うけど……で、志野の調子はどうなの？」

「そうね、まだ少しだるそうにしてたけど、熱も下がってきてるし、本当にきついのは終わったみたい」

「そっか、神谷《かみや》が連絡していいか悩んでたけど、それなら大丈夫って伝えてよさそうかな」

「ええ、返事は遅いかもしれないけど」

「そこまでは気にしてらんない」

「でも年末に大事にならんで良かったねー。病院で年越しとかなったらかわいそうやもんね。つかさちゃん毎日行きようとやろ《ってるんでしょ》ー？　甲斐甲斐し《い》かねー」

「大学からすぐそこだもの、大した手間じゃないわよ」

「でも大変やろー、あ、あれやったらウチが代わりに手伝おうか？」

「代わりはダメ。私と一緒か、皆とお見舞いならいいけど」

「別に変な意味はなかとよ、ただちょっと弱っとる伊織クンば見たかと」

「それは十分変でしょ」

「えー？　だってそがん《そんな》とこ見られると嫌がりそうやろー？」

「嫌がりそうだと思うんならやめてやったら……？」

「人に見せられんところを見られて意地張っとる男ん子が可愛かと！」

拳を握ってそう熱弁する真紘に、つかさと英梨は黙って顔を見合わせて首を横に振った。

「悪趣味」

「えー!?　つかさちゃんならわかるやろ？　伊織クンと付き合っとっとやけん」

「どういう意味？　第一、意地張ってるのがわかるならそういうのは他人に言うものじゃないでしょ」

「わかっとーよ、だけん二人《だから》にしか言わんもん」

「アタシらにもやめなって……あとそもそも男子に可愛いって、褒め言葉にならなくない？」

「英梨ちゃんも誰かと付き合ってみたらー、絶対ウチの言うこともわかるけんよ」

「いい、わかんなくていい。ていうかわかりたくない、聞いたアタシが悪かった」

「英梨も世話焼きだから、実際恋人ができたら真紘と話はあいそうだけど」

「怖い話やめてくんない？」

「ちょー、なんでウチと話があうとが怖か話になるとー？」

「だってアタシがアンタみたいに男子のココが可愛いアレが可愛いって言いだしたらどう思う？」

「んー、『英梨ちゃんにも彼氏が出来て良かったー』って思う？」

「いや、そうじゃなくて……」

「どうして私の時はそう思ってくれなかったのかしらね……」

「そいはそい《それはそれ》たい！」

「はいはい、その話はおしまい。どーせ面倒臭いことになるんだから、まぜっかえすのはやめてよね。それでつかさ、クリスマスはどうすんの？」

「そうね、このままだと出かけるのは無理そうだから、伊織くんの部屋でおうちデートかしら」

「病人に無理させたらいかんよ？」

「しないわよ、真紘じゃあるまいし」

「なんでそがんこと言うとー、ウチはただ汗かいてから暖かくして寝るのを試しただけやもん」

「それで入院寸前まで悪化させたって言ってなかった⁉」

「だけんその失敗から学んだと。あとちゃんとそん時もおかゆ作ったり、汗拭いてあげたりもしたとよ？」

「まぁ、そこは疑わないけどさ」

甲斐甲斐しく世話を焼くのは想像しやすい一方で、病状の悪化で独り占めする時間が延びるのを嬉々としていそうなのも想像しやすい。

「そいと英梨ちゃんなんでウチにはクリスマスの予定聞いてくれんと？」

「……真紘の予定は？　まさか、もう彼氏作ったとか？」

「ううん、ウチも英梨ちゃんと一緒で一人よ」

「その言い方やめろ、あと、ならなんでわざわざ聞かせた？」

「えっとねー、一人だと寂しかろ？　そいけん今年は長崎《ながさき》帰ろうかなーって思って、英梨ちゃんと遊んであげれんでごめんねって言おうと思ったと」

「いや、去年も別にアンタとは一緒に遊ばなかったでしょ、そっち彼氏と一緒だったじゃん」

「うん、だけん今年こそはって期待されとったら悪かかなって」

「自意識過剰過ぎでしょ……」

「えー、じゃあなんでつかさちゃんには聞いたとー？」

「そりゃあ志野がダメそうなら、つかさが暇だろうと思って？」

「ほらー、結局遊び相手探しよったとやろ？　ウチに聞かんで、つかさちゃんだけ贔屓《ひいき》せんでー！」

「よくわからない理由で喧嘩しないでよ」

「じゃあつかさちゃん、ウチとクリスマスあそばん？」

「実家に帰るって話はどこ行った？」

「お昼過ぎの電車でも大丈夫って」

「私は伊織くんとおうちデートって言ったでしょ」

「えー、じゃあウチもかっちぇてー《まざらせて》」

「遊びに来るのは伊織くん次第だけど、デートには混ぜないわよ」

「それよりつかさ、さっきから通知きてない？」

「あぁ、いいの。大体想像つくから」

「伊織クンからかもしれんよー？　さみしかーって」

「「それはない」」

「ええー、じゃあなんとー？」

「私の気が滅入《めい》ってる原因」

「あぁ、男子からか……ブロックしてないの？」

「しつこいのは大体したんだけど、まだ足りなかったみたいね」

「つかさちゃんも大変かねー」

「……コンテスト出るのになったのって、元を正せば真紘のちょっかいが原因じゃないっけ」

「ええー、今さらそがんこというとー？　英梨ちゃんも応援しとったとにー！」

「それとこれとは違くない？」

「その話はもういいわよ、本当に今更の話だし」

「ほらー、つかさちゃんはよかっていうとるもん！　それに伊織クンがおらん間はウチと英梨ちゃんで守ってあげればよかたい！」

「それは正直助かるけど、抱き着かないで」

「やけん、クリスマスも三人で一緒に伊織クンとこね！」

「そっちが目当てでしょ。てかなんでアタシまで志野ん家に。神谷が気にしてるみたいだから、アイツ連れてったら？」

「え、神谷クン誘ってもよかと？」

「なんでダメなのよ。なにその顔」

「別にー？」

第二話　風邪とかいう人の温かみを実感する状態異常

がちゃんと鍵が回る音で、浅い眠りから目覚めた。

病み上がりの重たい頭ではカーテンの隙間から見える弱い光が、朝なのか夕方なのかさえ判断がつかない。

ざあと水が流れる音のあと、がさごそとビニール袋が音を立てる。多分冷蔵庫に何かしまっているんだろう。

「伊織《いおり》くん、起きてる?」

そうして玄関と部屋を分けるドアがゆっくりと開き、天道《てんどう》つかさの抑えた声が聞こえた。

「うん……」

「じゃあ電気、つけるわね」

言葉のあとでぱっと部屋が明るくなる。

二度、三度と瞬きして視界がはっきりすると、意識も多少明瞭さを取り戻した。

枕もとのスマホに手をやると、まだ一限をやっている時間だった。

天道は部屋に入ると慣れた感じでクローゼットからハンガーを取り出して、定位置になっている彼女用のフックにコートをかける。

今日のインナーは縦にラインの入った、二次元でよく巨乳のキャラが着せられているようなセーターだった。

「調子はどう？　熱は下がった？」

「ん、だいぶ楽になったよ」

「そう、良かった。そのまま寝てて、ちょっと片付けしちゃうから」

数年ぶりに風邪を引いた僕は、年内最後の授業日も自宅で休んでいた。

バイクに水をひっかけられたのは原因の一つだろうけど、単純に冬というのもあるだろうし、あるいは当日に濡れた服を着替えに戻ったもののシャワーはいいかと不精したせいかもしれないし、もしかしたら熱っぽいのにサークルチャットで盛り上がっていた動画サイトのB級映画耐久上映同時視聴で深夜まで起きてたのが原因かもしれない。

――うん、自業自得っぽいな！

ベッドの近くに転がした空のペットボトルやゼリー飲料の容器を片付ける天道の姿や、母や妹からの心配するメッセージを思い出すと罪悪感さえ湧いてくる。

しかも一つの講義にこだわって、もっと沢山休むことになったしな……。

馬鹿は風邪をひかないなんて言うけど、馬鹿なことをしたら普通は風邪をひいてしまうものなんだなって。

「つかささん、ごめんね。ありがとう」

「いいのよ、これくらい気にしないで」

甲斐甲斐しく世話を焼いてくれる天道本人は、なんとなく楽しそうにしてるんだけど、原因が原因なだけにちょっと彼女の優しさがつらい。

でも怒られそうなので真相は黙っておこう（小学生並みの発想）。

「それにほら、恋人の部屋に来て看病って、ちょっとあこがれるじゃない？」

「まぁ、男子間でも話題にあがるシチュだけどさ……」

時々天道は童貞男子《ぼくら》が生んだ妄想なのでは？　ってことを言いだすな。

いや彼女自身のプロフィールは童貞厳選個体過ぎるけど。

「それにしおらしい伊織くんが見られるなんて珍しいし」

「ひどくない？」

「そういう役得でも探さないと、思い出して腹が立っちゃうの」

「アッハイ」

うーん、夏に続いて天道の過去がトリガーになった事件だからか、やっぱり多少気にしてるみたいだ。

僕自身も思うところはあるけど、故意かそうでないかを別にすればたまに遭遇する事故みたいなものだし、その後の自分の行動のせいで逆恨みみたいになるのがな……。

「あ、そうだ。鍵、返しておくわね、どこにしまえばいい？」

そう言って天道がコートのポケットから、僕の部屋の鍵を取り出した。

風邪を引いた初日に「出入りするのにいちいち起こすのも申し訳ないから」と言われて貸していた予備の鍵だ。

「あ、うん。それだけど、そのままつかささんが持っててくれないかな」

「あら、いいの？　伊織くんがいないときでも部屋にあがっちゃうけど」

「合鍵ってそのためのものじゃない⁇」

なんだろう、自分がたまにぶっ飛んだことをしてるって自覚が一応あるのかな。

ちょっと考え直した方がいいのかと思えるから変な圧をかけないでほしい。

「それさ、元々なにかあったとき用で主税《ちから》くんが持ってたんだけど、つかささんと付き合うってなってから突き返されて」

「お兄さんの？　あぁ、返事がないからって鍵を開けて入って、弟がえっちしてたら気まずいものね」

「言い方がひどい」

兄自身もそういう感じのことを言ってたけどさ。

あとそう思われても仕方ないくらい身に覚えも結構あるけどさ。

昼からセックスして、気づいたら着信が複数あったとか。

「まぁ、それで前からつかささんに渡そうと思ってたんだけど、なんかタイミングがなくって。あ、ちゃんと両親にも話して許可はとってるから」

「そう――」

キーホルダーもキーキャップもついていない銀色の鍵を、まるで宝物みたいにまじまじと見つめたあと、天道は微笑んだ。

「ありがとう、大事にするわね」

「うん、鍵の交換って高いらしいしね」

「そういう意味じゃなくて」

もう、と天道はベッドをバンバンする振りをした。優しい（？）。

世話してくれたお礼、と言うには元手がタダだけど、彼女が喜んでくれたならまぁいいか。

「でも風邪でデートが流れたときには、どうしてくれようかと思ったけど、これなら犯人・・

を見逃してあげてもいいわ」

もう明日にイブが迫ったクリスマスの予定は、天道の決断で早々にキャンセルになっていた。

今の感じだと無理できないこともなさそうだけど、病み上がりで人ごみに風邪をばらまくのも迷惑だしなあ。

「あぁ、ごめんなさい。伊織くんを責めてるわけじゃないのよ。イブにおうちデートもそれはそれで悪くないし」

「あ、うん、気にしないで」

気遣われるといよいよちゃんと暖かくして寝なかったのが悔やまれるな……。

むしろ責めてもらった方が楽な気がする、でもこんなに風邪が長引くなんて誰も思わないよ（言い訳）。

「ところで、見逃さなかったら、なにする気だったの？」

「別に、おばあさまとお話ししようかと思っただけよ。あとは相談だけなら家《うち》がお世話になってる弁護士さんもいるんだし」

「ガチすぎる……そこまでしなくていいからね」

実際証拠っていう証拠もないし、言い逃れもいくらでもできそうだしなあ。

嫌がらせくらいにはなるだろうけど、あの沸点の低さだとそれでつつき過ぎて逆恨みされたり変に暴発されても困るしな。

「キミがそう言うなら、仕方ないわね……ねえ、そう言えば伊織くんのキーホルダーってなんだった？」

「え、どうだろ……あー、たしかなんか鈴のついたストラップ、かな？」

「もう少し自分の持ち物に関心を持ったら？」

ダメ出しされてしまった。

実際、多分親に渡されたときのまんまなんだよな。

そこらへんにこだわるのがお洒落《しゃれ》上級者への道なんだろうか……。

「それじゃあ次のデートで買いに行きましょ、二人で、お揃いのね」

「いいけど、あんまり大きくないのがいいな」

「もう、男の子って実用重視なんだから」

「普段使いするものは大抵そんなものじゃないかなぁ」

今も飽きもせずに鍵を見ている天道にとっては違うんだろうけど。

「そんなに、気に入った？」

「ええ、返せって言ってももう遅いわよ。キミがいないときにえっちなものがないか探したりするんだから」

「それはもうやったじゃん……」

しかも僕の目の前で三回も。

多少の覚悟はしてたけど、まさかクローゼットの天井まで調べられるとは思わなかったぞ。天道の中で僕の印象はどうなってるんだろう。

「そうね、やっぱり探すならパソコンの中身よね」

「パスワード変えとくから」

「あら、やましいことがないなら見せられるでしょ」

「無敵の開示請求やめよう？」

プライバシーって概念《がいねん》が存在しない世界の住人かな？

起動のたびにログイン処理するのって面倒なんだけど、ちょっと考慮した方がよさそうかな……。

そうしてつい話し込んでしまったころに、天道のスマホがアラームを鳴らした。

「じゃあ、二限が終わったらまた来るわね。冷蔵庫に消化によさそうなご飯買ってきてるから、お腹が空いたら先に食べてて」

「あ、うん――いってらっしゃい」

「ええ、いってきます」

多分汗臭かっただろうに嫌な顔せず僕の額にキスをすると、天道は来た時よりも上機嫌に部屋を出て行く。

玄関が閉まったあと、カツカツと踵が鳴る音で彼女が去っていくのがわかった。

「――ちゃんと寝るかな」

正直に言って目は冴えてしまったのだけれど、いつも通りの部屋がなんとなく寂しく感じられて、僕はスマホに伸びかけた手を引っ込める。

やっぱりまだ体が疲れていたのか、目を閉じてしまえば、眠りに落ちるまではあっという間だった。

§

「しのっちメリクリー！」

「メリクリー！　ハピホリー！」

「はいはいメリクリメリクリー」

そうして結局ベッドで迎えた十二月二十四日の昼。

どやどやと僕の部屋を三人の友人たちが訪ねてきた。

「あ、うん、メリクリー」

クラッカーを鳴らしてノリノリのかみやんと葛葉《くずのは》に対して、最後に入ってきた水瀬《みなせ》は露骨についていけないって顔をしている。

「あー、そういやここって壁大丈夫だっけ？　隣の人に怒らんね？」

「わー、男の子って感じの部屋ねー。伊織クン、えっちな本はどこにあると？」

「普段隣の音も聞こえないし、多分大丈夫かな。念のためにちょっと声は落としてほしいけど」

「オケ、んじゃお邪魔しまーすっと」

「ねー、なんで無視するとー？　あ、ちょーお、英梨《えり》ちゃんお尻押さんでー」

「アンタ尻もデカいんだから邪魔、狭いし奥つめてくんない」

「えー、腰は英梨ちゃんとかわらんもーん」

「なめんな、それは盛りすぎ、ってか減らしすぎ」

「むー、ほんとにそがん《そんな》変わらんよー？」

うーん、混沌。

あと女子二人はもうちょっとつつしんでくれないかな。

届け、僕とかみやんの思い。

「三人とも、コート預かるからこっちに渡して」

「あ、あざーっス。あと俺クッションいいんで、三人で使ってもろて」

そんな中で通い慣れた天道と、以前はよく遊びに来ていたかみやんが気遣いを見せる。

綺麗に彼女、友人、お客さんに分かれたなあ、ちょっと新鮮な感じだ。

「なんで関西弁なのよ……」

「ありがとー、神谷《かみや》くんってやさしかねー」

「っス」

雑な相槌を打ったあと、かみやんはつつつ、と僕が腰かけているベッドのそばまで来てわざとらしく内緒話の姿勢をとった。

「――しのっち、俺ここにいていい感じ？　なんかちょっと女子密度高くねえ？」

「逆にかみやんがいてくれないと僕が居たたまれないから助かるかな……」

「わかる。ならしゃーなし、頑張るわ」

やっぱり、持つべきものは非モテの友達だな。話が早い。

そんなことをしてる間に、僕に代わって天道はみんなにコーヒーを用意しにいくという完璧な彼女ムーブを見せていた。

「悪いね、クリスマスに来てもらって」

「いや、風邪長引いてっから、みなっさん経由で様子聞いてさ。大丈夫そうって話だからお見舞いついでに？」

「ウチらもせっかくやけん、一緒にいこーってなって」

「アタシは人数多いと逆に迷惑じゃないかって言ったんだけど」

「まぁ、もう熱は下がってるし。顔合わせないまま年越しもちょっと寂しいし、来てくれて嬉しいよ」

なるほど、かみやん発案、葛葉便乗、水瀬巻き込まれってパターンか。

割と最近よく見る流れだな。

「あぁ、それと休んだ講義の試験範囲とその分のノート、さっきデータで送っといたから、確認ヨロ」

「あ、それは助かる。サンキュ」

「ウチはコピー取ってきたけん、あとで渡すねー」

「うん、葛葉もありがとう」

天道もノート持ってきてくれたし、同学部に友人が多いと助かるなあ。

一人だけ別学部の水瀬がなんか居心地悪そうにしてるのが可哀想だけど。

「――なに？　アタシも代返でもしとけばよかった？」

「英梨ちゃんのおっぱいならばれんッ、いったー！　なんで叩くとー⁉」

「むしろなんで叩かれないと思った……⁉」

「いや、みなっさんも別にないって、ア、イヤナンデモナイデス……」

ノーコメントにしておこうと思ったら、かみやんが代わりに撃たれていた。

だいたい葛葉と比べれば九割以上の人がマウント取られるだろうから、ひどいハラスメントだよな。これもセクハラなんだろうか。

「ちょっと二人とも、暴れないで。お見舞いに来たんでしょ？　ほらコーヒー置くからカップ倒さないでよ」

「ねー、つかさちゃーん、英梨ちゃんがひどいとー」

「アンタまた、人のせいに……！」

「水瀬はなんで葛葉と友達やってるんだろうな……」

「伊織クン、それ《れ》はひどくない⁉」

あ、しまった心の声が口に出ていた。

いや、でも実際天道とは高校からの付き合いだからわかるけど、葛葉絡みだと結構ひどい目にあってるだけのような……。

なんとなく四人の視線が水瀬に集まる。彼女は涼しい顔でコーヒーに口をつけたあと、ふい、と目をそらした。

「――いや、馬鹿な子ほど可愛いっていうじゃん、ほっとけないっていうかさ」

「もー！　英梨ちゃんのツンデレさんー！　でもウチもそげん《そんな》英梨ちゃんば《を》好いとー《てる》けん《から》ねー！」

「勝手に、人を変なカテゴリに、すんな！」

「馬鹿は否定しないのね、真紘《まひろ》」

「うーん、こういうのも百合っていうのかな」

「そこにしのっちをひとつまみ、っと」

それは変わり果てた姿で発見されそうだから止めよう？

まぁ友情って目に見えるメリットとかデメリットとか、そういうのがすべてじゃないし、そもそもそんなことを気にしててこの二人の友人が務まるはずもないしな。

抱きつこうとする葛葉をぐいぐい押し返す水瀬と、それを見守る天道の姿に改めてそう思った。

そうしてなんだかんだとクリスマスプレゼントでお菓子まで貰ってしまい、話しこむ内に冬の日は中天から下り始めていた。

「――ねぇ真紘、そろそろ出なくて大丈夫？」

「あ、ホント、もうこげん時間《こんな》」

去年一人暮らし一年目にして彼氏のために年末年始の帰省をブッチしたという強めのエピソード持ちの葛葉も、今年は両親にガチで泣きつかれて長崎に帰ることにしたらしい。

それでもクリスマスイブの夕方まで帰省を引っ張るってのも可哀想な話だな、一人っ子で大事に育てられたらしいのに。

いや、だからこんなわがまま放題なんだろうか（偏見）。

「あー、じゃあ俺も帰ろっかな、あんま長居しても悪いし。みなっさんは？」

「これで一人だけ残るってどんな罰ゲームよ、アタシも帰る」

「あ、そいやったら英梨ちゃん博多《はかた》駅までついてきてくれん？」

「やだ、メンドイ」

「ええー!?」

うーんこの。

でもなんか数日だけど一人でいる時間が長かったからか、こんなやりとりもちょっと落ち着く。やっぱり風邪とかでメンタルに結構来てたのかな。

「みんな、今日はありがとう。今度プレゼントのお礼するよ」

「いーっていーって、俺が寝込んだ時にヨロ！　あとオタクに優しいギャルと知り合ったら紹介してな！」

「アンタそれガチで言ってんだ……まぁ、集まる口実みたいなもんだったし、こっちのことは気にしなくていいケド」

「あ、じゃあじゃあー今度みんなでどっか遊びにいかん？」

「あぁ、いいね。今年のうちにも一回行こうか、いっそ明日とか」

「え、待って待って」

「そうね、伊織くんの調子次第だけど……神谷くんも実家は市内よね？」

「あ、城南区《じょうなん》っス。昼には予定とかないんで、いつでもで」

「アタシは逆に明日なら、かな。今年もお祖母《ばあ》ちゃんところ行くと思うし」

「ねー、明日やったらウチ、ウチがいけんとやけど！」

「真紘はしょうがないじゃない。じゃあまたあとで話詰めましょ、二人に希望があったらそれで。いいわよね、伊織くん？」

「うん」

「えー？　ねー、ウチもー、ウーチーもー！　ウチが言ったとにひどかー！　あ、じゃーあ帰るの明後日にするけん、ね？　ね！」

「ひどいのは葛葉のご両親への対応だよ。ちゃんと帰ってあげなよ、別に来年でいいじゃん」

「うーん、この切れ味」

「久々に伊織くんのロジハラを聞いたわね……」

いや、これ絶対ちゃんと帰るよう言った方が良い場面だと思うけど……。

あと正論をロジハラって言う風潮はやめない？

「ちゃんと年明けに葛葉も込みでまた予定立てるからさ」

「それはいいけど、アンタもちゃんと休んどきなさいよ。つかさもクリスマスだからって
……いや、いい、やっぱなんでもない。ほら真紘、行くよ」

「絶対よー？　年明けすぐ試験やけんってやっぱなしって言わんでねー!?」

いい笑顔のままで何も言わない天道を見て、水瀬は黙って首を横に振るとごねる葛葉を引きずっていった。

クリスマスイブの日は、傾きつつもまだ暮れない。

二人きりの部屋に満ちる天道からの圧に、もしかしたら明日の予定を決めるのは少し早かったのかもしれないと思った。

第三話　クリスマス・キャロルとかが流れるころに

友人たちを見送って玄関から戻ると、さっきまでの賑やかさとのギャップのせいか静かな部屋はなんだか広々として見えた。

暖房はちゃんと効いているのに心なしか室温まで下がった気さえする。

「さて——」

そうつぶやいた天道《てんどう》に、水瀬《みなせ》の不吉な指摘が頭をよぎって、僕は思わず身構えた。

「そろそろケーキを受け取ってこようと思うんだけど、伊織《いおり》くんは留守番してもらってもいい？　配達はまだだけど、時間がかかってすれ違いになると困るから」

今日の夕食は天道家がここ数年クリスマスにケータリング？　に来てもらっているレストランから、僕ら二人分をデリバリーしてもらう予定になっていた。

「あ、うん、いいけど。ケーキは別なんだっけ」

「ええ、お菓子はやっぱり専門店で買った方がおいしいから」

正直どんな料理がやって来るのか恐々としているんだけど、「ちょっと豪華な出前みたいなものよ」という彼女の言葉をどこまで信じていいものか。

あと、あの純和風の天道家のお屋敷でクリスマスやってる事実は改めて考えるとちょっと面白い。

七夕《たなばた》の笹みたいに、もみの木持ち込んだりしてるんだろうか、あの和風の庭に。

すごいブルジョワジーとともにカオスを感じるな……。

「それで、どこに買いに行くの？」

「大濠《おおほり》のお菓子屋さん、ほら前にシュークリームを買ってきたでしょ」

「あぁ、あの皮がなんか独特な感じの。ケーキも売ってるんだ」

「シュークリーム専門店だと思ってたの？」

くすくす、と笑いながら天道はコートを羽織り、ちょっと考えるそぶりのあとでマフラーを追加した。

「いや、そういうわけじゃないけど、でもどうせ出るならさっきみんなと一緒で良かったんじゃない？」

「あら、それじゃ伊織くんが寂しいでしょ」

「いや、子供じゃないんだから」

ちょっと心当たりがないでもないけど、これは多分きっと病み上がりの心細さのせいだから……。

「それにほら、英梨たちの前じゃ『行ってきます』のキスもできないし」

「出るのをずらして正解だったね……」

「やっぱり、して欲しかった？」

「人がいるところでされなくて良かった、ってことだよ」

「それは人がいなければ構わないってことよね」

「――まぁ、そうとも言えるね」

「もう、意地っ張りなんだから」

観念して同意すると、声をあげて笑った天道が僕の二の腕を優しく掴み、頬と頬を触れ合わせて唇を鳴らした。欧米かな？

そして『あぁ、こういうのね』と油断した直後に唇と唇をあわせる。

とんでもなく柔らかな感触を覚えると同時に、ぬるりと舌がはいりこんできた。

「――ん、それじゃあ、行ってきます」

たっぷり一分は僕の口を蹂躙したあとで顔を離した天道は、実に満足げな笑みを浮かべている。

「………いってらっしゃい、気をつけてね」

「ええ、伊織くんも暖かくしてて」

いや、ほんとここは絶対舌を入れる場面じゃないと思うんだよな……。

ちょっと心配になるくらい弾んだ足取りの天道を玄関の外で見送って、部屋に戻ると確かに寂寥《せきりょう》感を覚えないでもなかった。

うーん、完全に心理を読み切られている。なんとなしに負けた気分になりつつベッドのそばに置かれたビニール袋を手に取った。

中には、かみやんたちが百均で買ってきてくれた、モールやオーナメントなんかのクリスマスグッズが入っている。

勘のいい天道のことだから、まぁ十中八九でサプライズにはならないと思うけど、せっかくのイルミネーションとかが見に行けなくなった埋め合わせにできるだけの努力はしたい。

問題としては僕に飾り付けのセンスが皆無ってことだな……。

とはいえいちいち有識者に画像を送って手伝ってもらうってのも違う話だろうし、と金銀のモールをカーテンレールにつけたり、ドアに吸盤式のリースをつけたり悪戦苦闘していると、スマホがメッセージの受信を告げた。

『イオちゃん、体はもう大丈夫？　帰ってこれそう？　お母さんが車で迎えに行こうかって言ってるけど』

壁から半身をのぞかせたペンギンのスタンプと一緒に送られてきたのは、体調を心配した妹からのものだった。

熱が下がったときに連絡はしたんだけど、そう言えばそのあとは放置していたかもしれない。

元々年末年始は実家に帰るつもりだったけど、僕が体調を崩したこともあって、いつになるかの決定は伸ばし伸ばしになっていた。

ひとまず調子は良くなったので迎えは大丈夫なことと、帰省が明後日以降になることを伝えると、チャット画面のペンギンが一度壁にひっこんだあともう一度顔を出した。

『明後日なの？　ツリーしまっちゃうよ？』

何の心配だろう、と思いながら『大丈夫だよ』と返事をして、そう言えば実家以外でクリスマスを迎えるのは人生で初めてだと改めて気づいた。

しかも性の六時間に参加するのはほぼ間違いないだろうしな……。

子供のころ眠らずにサンタに会おうとしていたことや、二十五日の朝に枕もとでプレゼントを見つけたときのワクワク感を思い出すと、なんとなく自分が不純な存在になってしまった気がする。

『三十分くらいで帰るわね』

　でもまぁそれが嫌だというわけではなくて、これも一つの大人になるっていうことなんだろうと、天道からのドヤ顔を擦る猫のスタンプを見ながら、そう思った。

§

　結局、天道の帰宅から少しして届いたクリスマス・ディナーはとても彼女が言うような「ちょっと豪華な出前」で済むものじゃなかった。

　前菜から始まってスープ、サラダに肉料理と一揃いのフレンチは見た目から華やかで、保温用容器に入っててても隠せないお高い雰囲気で、普段使いのテーブルに並びきれないいくらいの量もある。

　もちろん見た目だけでなく味の方も素晴らしくって、レストランとかだと緊張して集中できなかったことを思えば、デリバリーで助かったのかもしれない。

　個人的には洋食でも白いご飯が欲しい派だったけれど、一緒についてきたバゲットも絶品で、僕の様子を見た天道に取り分を三対一と偏らせてくれたくらいだった（恥）。

「伊織くん、ケーキはどうする？」

「んー、もう少しあとでいいかな……」

「わかった、おいしかったみたいでなによりね」

「うん、ごちそうさまでした。お家の人にもお礼を……」

言っといて、と続けようとして、よくよく考えれば年始に挨拶とかに行った方が良いよな、と考えなおす。

あれだけの家だと年始は挨拶する人も多そうだけど、逆にそれなら長居もしなくてすむだろうし。

「言わなきゃね」

「――そうね、伊織くん一人分増えるくらいは大したことないけど」

僕の葛藤を見抜いたように楽しげな笑みを浮かべて、天道は僕の隣に腰かける。

「伊織くんも部屋の飾り付け、ありがとう」

「人件費込みでも、料理とは釣り合わないけどね」

「そういうことは気にしないの」

なんとなくでつけっぱなしになっていたTVではクリスマス特番が流れ、そんなに面白いことある？　って頻度で笑い声が上がっていた。

「つかささん、なにか見たいのある？」

「ううん、なんでもいいわ」

肩に頭を預けた彼女は、僕の手を取って何やら撫でたりさすったりすることのほうに興味がおありのようだった。

うるさくない方がいいかな、と適当にチャンネルを切り替えると、ちょうど海外映画を字幕でやっていた。

映像の感じはかなり古く、劇中の時代も一世紀か二世紀は前のようだった。

なんだか見覚えがある気がしてリモコンを操作して情報を呼び出す。

「『クリスマス・キャロル』……」

「ディケンズね。何度か映画になってて、現代版アレンジのもあったけど、これはいつのかしら」

そのまんまのタイトルだなあ、と思っていると天道が説明してくれた。

「ディケンズ」

「チャールズ・ディケンズ。知らない？　イギリスの作家ね。『二都物語《にとものがたり》』とか『ディヴィッド・コパフィールド』とか。『オリバー・ツイスト』なんかも映画になってるけど」

「あー、『オリバー』だっけ、映画。『二都物語』はたしか読んだ気がする、あとがきで翻訳者が好き勝手言ってた」

ど。

「なぁに、その覚え方」

「いや、印象強くって」

たしか有名な作品のわりには『この作者らしくプロットが雑』みたいにぼろくそだった。

そこまで悪意がある感じじゃなくて、しょうがないなあ、みたいなニュアンスだったけ

「それで、これはどういう話なの?」

「クリスマスイブに、独り身で守銭奴の老人のところに、昔亡くなった友人と過去・現在・未来の幽霊が現れて、いろいろ見せられた結果改心する話?」

「ざっくりしている……!」

それは確かにちょっと強引では? 要約の問題かもしれないけど。

「十九世紀の作品だもの。今でも映画にされるんだからすごいと思うけど」

「それは確かに」

映画はミュージカルだったらしく、いつのまにか登場人物は歌って踊りはじめた。

ちょっと音割れしてるのとかいかにも昔の映画だなあ、と思いつつ隣の天道に視線を向けると、僕を見ていた彼女と目があう。

恋人つなぎに絡まった指に力がこもった。

いつにもまして顔面偏差値激高《げきだか》の顔が近づく、瞳を閉じて唇を重ねる。

ＴＶから流れる感謝を告げる歌は、長いキスの途中でぷつりと中断された。

「ん……」

なんだってこう鼻からたまたま漏れただけの声まで魅力的に聞こえるんだろう。

やたらに悩ましい吐息を至近距離で感じながら、離れた手で彼女の肩を抱いた。

天道はというといつの間にやら服の下に潜り込ませた手で、僕の胸元を撫でまわしながらぐいぐい来ている。

「ん――」

結局圧に負けて押し倒される。僕の上に乗った天道はしばらく唇で唇を揉むマッサージをしたあとで、ちゅっちゅと口の周りで音を立てる遊びに切り替えた。

楽しそうだなぁ、とされるがままになっていると、いきなり腰骨に手が滑りこんできて
「ひょぉう」みたいな声が出た。

「くすぐったかった？」

いや、本当脱がしたり服の下に差し込んだりが上手すぎる。熟練の痴女かな？

「ちょ、ちょっと、つかささん、ストップ……えい」

「ん、やぁだ」

お返しとばかりに軽く背筋をなぞると、わざとらしく声をあげて天道は身をよじる。その拍子に彼女の甘い香りと、その柔らかさを意識してしまい、当然の帰結として、ちょっとズボンの下が硬くなった。

「ベッドの上、いきましょ」

「うん」

当然のようにリードされるなぁ、と思いつつリモコンで部屋の設定温度を上げると何やら優しい顔をされてしまった。

ベッドの中央をぽんぽんと叩く天道に促されるままに腰かけると、あいさつ代わりみたいにキスされる。

「ん――――」

その最中に部屋着の腰ひもをあっさりほどく彼女と違って、だいぶ慣れてきたとはいえこっちはまだまだ文字通りの手探りだ。

冬ということもあって重ね着してるし、今日はスカートにタイツということもあって、スカートとブラジャーのホックを外すだけで精いっぱい。

しかもなんか今日のブラジャーはホックが三つほどあったんだけど、これまさかまた大きくなったのでは……？

「もう、意地悪なんだから……ね、ちゃんと触って？」

「シテナイヨ、ゴカイダヨ」

お手本を見せるように僕の肌を撫でまわす天道にならって、タイツ越しのお尻や、ブラジャーの下の胸に手をやると、「ん」と嬉しそうな声があがる。

暖かくしっとりとした肌は手に吸い付くようで、その柔らかさときたら何時間でも触ってられるくらいだ。

「ん……ぁ……ん――」

まぁ実際には感触に加えて天道のいい匂いとえっちい声であっという間に理性が溶かされて『はよ、はよ』と本能が先を求めてしまうんだけど。

「つかささん、そろそろ……」

「ん……ね、伊織くん、ちょっと口でしてもいい？」

「え、良いけど……その、すぐ出るかも」

天道のテクニックは本人が自負する通り、そりゃもうすごいものだ（比較対象はないけど）。

手でも口でも、多分自由自在に暴発（？）させられるんだけど、それだけに僕からあんまりお願いすることはなくて、彼女もそのうちに前戯《ぜんぎ》より繋がってからアレコレ手を尽くすのを重視するようになってきた。

「変なこと気にしないで、気持ちよくなってくれるなら嬉しいわ」

少々複雑な気持ちで伝えると天道は明るく笑った。

なんだかいい意味でいやらしさを感じないのすごいよな、と思ってると僕の脚の間に猫みたいに収まった天道が、ひっぱりだしたペニスにためらいもなく舌を添わせていた。

「っ、ちょ、つかささん、待って、ゴムしてない」

「いいの。クリスマスプレゼント第一弾よ」

「ええ……？」

なんとなく男女の台詞が逆転してるな、と思いつつあげた制止の声は天道に一蹴される。

動画とか漫画とかではそのままがほとんどだけど、天道は口でしてくれるときはいつもゴムをつける派だった。

感染症予防の観点では正解らしいけど、それが習慣づいた経緯を考えれば例によって失われない童貞心に擦り傷を負うアレだ。

「いや、でもシャワーも浴びてないよ」

「いいの。私、伊織くんの匂い、嫌いじゃないもの」

天使なんだか淫魔なんだかわからないことを言ってペニスに音を立てて口づけした彼女

は、髪を耳にかけながらその魅惑の唇で飲みこんでいった。

「うぁ――っ」

「……んふ」

セックスと良く似た、だけど微妙に違う温かさに性器が包み込まれる感覚。

美貌がちょっとゆがむくらいに頬をすぼめた天道は、僕の反応に嬉しそうに目を細めて頭を動かしはじめた。

口の中のどこに収めているのか不思議になるくらいまで深く飲み込んだあと、ゆっくりと吐き出す。

柔らかな唇で強く圧をかけながら、同時にどうやってるのか不思議なくらいに動き回る舌が、無数の生き物に触れられているような刺激を与えてくる。

「～～～っ……！」

強くシーツを握りしめ、奥歯を噛んでペニスから会陰《えいん》を経由して背筋を這い上がるような快感に耐えた。

「――伊織くん、なんだか、我慢ひれ《して》ない？」

そんな僕を不思議そうに見上げて、天道はフェラチオしながら器用に聞いてきた。

「いや、男の喘《あえ》ぎ声に需要はないから……」

「私は喜んでくれてるんだって、嬉しいけど——いいわ、それなら我慢できなくしてあげる」

やめてくれよ、本気を出した天道に僕がかなうわけないだろ（絶望）。

「ひょぉぉ」

そして止める間もない刺激に、予想通り過去一《イチ》で変な声が出た。

え、なにやってるのこれ？

「んっ……んっ」

恐る恐る見てみれば、天道は単に頭を前後させるのではなくひねりをくわえて、頬の内側へとペニスを導き、柔らかな肉で先端を包んだところですするように吸い付いて、ついでに頬肉ごしに指でくすぐってきていた。

どんな発想力なんだ……。

「ちょっ、つかささ、っ、まっ……！」

じゅぽじゅぽ、と上がる音もすごければ、食いつかれてるような唇の圧も強くって、ついでに舌がとどめとばかりに敏感なあたりをなぞりまわっている。

「ん、ん、ん……！」

僕の限界が近いことを悟ったか、二度、三度とまた全体を深く咥えこんだあと、天道は細かく速く行ったり来たりを繰り返す。

「つかささ、も、でる……っ！」

最後の理性でそれだけを口にし、彼女の肩に手を置いた。

チカチカと目の奥が瞬くような強烈な快感のあと、僕は天道の口の中でこれまでにないくらいの射精を迎えた。

「んっ……ん……っ」

「うぁ……」

その蠕動《ぜんどう》を口の中で受け止め、どころか最後まで絞りつくすように天道はすすり上げてくる。

最後の最後まで出し切って、僕はゆっくりと後ろに倒れベッドの上に横になる。

口元を押さえて身を起こした天道は、どこかやり切ったような顔をしていた。

「……つかささん、ほら、ティッシュ。べってして」

枕もとのティッシュから数枚を重ねて差し出す。

それを受け取った天道は、しかし口元にはもっていかず、それを握りしめたまま意を決したように「ん」と息を漏らす。

そうして音が聞こえそうに喉を動かして口の中のものを嚥下《えんげ》した。

それから唇をティッシュで拭うと、一仕事をやり切ったみたいに誇らしげな顔で口をあけ、濡れ光る空っぽの口内と綺麗なピンクの舌を見せつける。

「――プレゼント、第二弾よ」

「変な性癖植え付けようとするのはやめようよ」

妙な嬉しさは感じないでもないけど、クセになったらどうしてくれるのか。

いや、そうなったら普通に喜んでしてくれるんだろうけどさ（賢者モード）。

「予想はしてたけど、おいしいものじゃないわね。伊織くんのならって思ったけど」

「そう……」心底反応に困るな……！

§

「――じゃあちょっと、体だけ洗ってくるから」

「ん、いってらっしゃい」

「すぐ出てくるけど、まだ体がきついようだったら寝ちゃってね？」

「大丈夫だよ、ごゆっくり」

着替えをもって部屋を出ていく天道を見送って、僕は大きく息を吐いた。

体に多少のだるさはあるけど、これは単純に射精のあとだからだな……。

でも念のために布団に入って横になる。

ベッドに耳をつけると、シャワーのせいか、かすかに壁が揺れる気配を感じた。

「う」

ふっと誕生日のときの天道とのお風呂が思い出されて、股間に血が集まる。

寝込んでいたせいもあって、彼女と付き合って以来はじめてというくらい長いこと間隔が開いたので、思っていたよりも溜まっていたらしい。

天道が普段よりサービスしてくれてるのも、クリスマスってだけでなくそこらへんもあるのかもしれない。

ちょっと理解がありすぎる気もするけど、正直ありがたくもあった。

そうして体感としてはずいぶん長く、実際には天道のお風呂としてはちょっとないくらい短い時間のあと、再び部屋に戻ってきた彼女を見て僕は思わず身を起こした。

「――クリスマスプレゼント、第三弾ね」

髪をアップにして頭にはボンボンのついた三角帽子をかぶり、肩には短いケープ、二の腕までの長手袋と、腿《もも》までを包むサイハイソックス、極めつけは面積少なめの三角ビキニ。

すべて赤地に白いフワフワつきの、ミニスカどころかビキニサンタ（？）に扮した天道

つかさはいつにもまして堂々としたポーズを取った。

「どう？　伊織くん」

「ソシャゲの季節限定キャラみたい、運営の事前発表でSNSのトレンドに乗るタイプの」

思考時間ゼロで僕の口から飛び出した馬鹿みたいな言葉に、天道サンタは少し考え込む素振りを見せた。

「その場合は、ログインボーナスで限定一名に先着で無料配布ね」

「実際にやったら炎上待ったなしなやつ……」

そしてこういう話が通じるようになったのは良いやら悪いやら。

「それで、ほかに感想は？」

モデル歩きみたいに腰のラインが強調される歩き方で近づいてきた天道が、身を起こした僕の顎を悪戯っぽく撫でる。

「すっっっごく可愛い」

「そ、喜んでもらえたみたいね」

「まぁ、それ以上にまず驚いたけど」

もっと言うと心境的には『あーだめだめえっちすぎます』って感じだけど。

正直ちょっと見ているだけでは我慢できなくなって早々に手を伸ばす。

「ふふ」

天道は当たり前みたいにそれを自分の腰に導いて、僕をまたぐようにベッドに膝をつくと、僕の頭を胸に押し付けるみたいに横抱きした。

「えっち、したくなった？」

「それはもう、すごく」

「よろしい」

いつもなら僕が素直すぎると云々なんて一言を貰いそうな即答にも、天道はただ笑って頷いた。

「久しぶりだから……今夜はいっぱい、してね」

「が、頑張る」

天道のいっぱいって、どれくらいだろうな、とちょっとおびえつつ彼女が預けてきた体に押されるまま後ろへ、ベッドに仰向けに倒れこむ。

ずりずりと僕に身を擦りつけるように体の位置を下げた天道が、耳に頬に口づけしたあと、唇と唇を軽く重ねて微笑む。

いつにもまして気合の入ってる彼女は、普段のテンションだったら飲まれてしまってたかもしれない。

ただ今日の僕からすれば、ただただ嬉しいお誘いにどんどんと心臓の鼓動は早まっている。

仰向けになった僕の右肩に頭を預けて、横から抱きついた天道の手が服の上からペニスに触れたとき、それは最高潮に達した。

「ね、伊織くんも、さわって」

「うん」

しっとりと手に吸い付く肌の感触を感じつつ、彼女の芸術的な体のラインをなぞってビキニの下へと指をもぐりこませた。

「んっ……」

「わ」

まるで炬燵《こたつ》の中に長時間いたみたいなその熱と、手触りのいい茂みの、すでに濡れた感触に思わず声が出る。

「もっと、下……」

もどかしげに身をくねらせた天道が発する甘い声にしたがって、指先を彼女が求める場所へたどり着かせる。

「んっ、あっ、ぁっ……！」

二度三度と指をゆっくり上下に動かしただけで、彼女の体は大きく震えた。

その体の下に右腕をさしこみ、細い腰をつかんでぐいと抱き寄せる。

「ぁっ、ん、ん、んっ……！」

「うぐ」

本格的な指での愛撫に移ると、天道は軽く持ち上げた右脚の膝から下を僕の脚に絡めて右手でズボン越しに思わず腰が引けるような快感を返してきた。

さわってって言ったのに、さわってって言ったのに……！

必然の敗北の予感に『なんでやり返してくるんだ』と心で泣き言を漏らしながら、必死に手を動かし続ける。

幸いなことに天道自身の手ほどきで彼女の弱いところとか好きな動かし方なんかは叩き込まれてるけど、元々の経験値が違いすぎる。

「はっ、はっ……」

「あんっ、あ、あ、あ……」

ビキニの下からでも聞こえる粘った音と、荒い息が部屋を満たす。

じわりと汗ばむ肌から発せられる甘い匂い、あちこち柔らかな体の感触、指先を濡らす、僕を求めている証。

「んっ、伊織くん、もっと、ぎゅっ、て、つよくして……?」

「っ」

絡めた脚に力を込めて、普段とはまるで違う甘く蕩《とろ》けた声で天道が僕を呼ぶ。

「あっ、や、そこ、あ、ぁ、ぁ……!」

その声といい、ぎゅって体にしがみついてくるところといい、つくづく僕の恋人はセックスが上手すぎた。

付き合って数か月がたっても、求める気持ちに変わりはないどころかどんどん強くなっていくし、声にも反応にも絶対に飽きることなんてないと断言できる。

もっとずっと、いつまでだって見ていたい、僕にしか見せない姿を見せてほしい。

そう思うんだけれど。

「っ、つかささん、もう、出そう……!」

「んっ、ぁっ、やだぁ、待ってぇ……」

いつのまにやらズボンからペニスを引っ張り出して、すべすべとした手袋で直接しごいてくれている天道が泣きそうな声を出した。

待ってとか言われるとちょっと男として凹むけど、それ以上に声が危険物すぎる。

気持ちよさそうにしてる姿がえっちすぎて、それで興奮して余計限界が早まるのってひどい罠じゃないかな……。

「む、無理そう……」

「んっ、もう、少し、だから、ね、頑張って？」

「っ、と言うか、それなら、手止めて……」

「う〜……！」

ごくごく当然な僕の要求に不服そうな唸りをあげたあと、天道は予想もしなかった行動に出た。

「え、あっ？　えっ、えっ」

「ふっ、あぁ――――！」

するりと僕の腕を抜け出すとしごいていたペニスを起こして、ためらいもなくその上に腰を下ろすと二度三度と大きく体を震わせた。

かつて味わったことのない熱さとぬめる感触、何にも隔《へだ》たれずに触れた恋人の中を、そうと認識した瞬間、爆発的に射精欲が刺激された。

「――っ！」

直後、がちんと音が鳴るくらいに歯を噛んで、どんな腹痛でもしたことないくらいに括約筋に力を込めた。

きゅうっと痛いほどに股間に力がはいり、直前で無理やりにせき止められた快感が解放を求めて下腹部の中で渦を巻き、何とも言えない気持ち悪さが生まれる。

それでも、なんとか無事に衝動を食い止めることには成功した。

「――つ、つかささん、ゴム、ゴムしてないっ」

「ふーっ、ふっ……んん……？」

とはいえなにも射精しなければいいというものではない。

避妊具なしの挿入は、それだけで妊娠の可能性がある。我が身に降りかかることだから天道のほうが理解しているはずだけど……。

僕の胸にくてんと身を預けて絶頂の余韻にひたる天道の肩を揺らすと、けだるげに彼女は顔をあげた。

「これが、プレゼント第四弾ね」

幸せそうに笑う顔を見ると、取り乱している自分が情けないやら申し訳ないやらで、射精キャンセルの倦怠感もあいまってなんとも言えない気持ちになる。

「いや、でも、生はまずいって、だってその、誕生日のときに納得してくれなかった？と、とにかく一旦どいて……」

「大丈夫よ、あのあとすぐ経口避妊薬《ピル》飲みはじめたから」

「え、あ、そう――なんだ？」

「ええ、タイミング的にはぎりぎりになったけど、ちゃんと避妊はできてるわ」

「なら大丈夫かあ……いやいやいや、えぇ、えええぇ……？」

引いていた血の気が戻ってくると、同時にいよいよ混乱が頭を占める。

なんだろうな、ここで抗議するのも違う気がする一方で、でもやっぱりちょっとだまし討ちされたみたいなところも無きにしも非《あら》ずというか……。

「――嘘、ついてると思ってる？」

「え、それはないけど」

即答すると不安そうな顔をしていた天道は目を見開いた。

「だってつかささんが嘘つくならもっといくらでも必要な時あったし」

それこそ婚約後とか、いくらでも誤魔化せるときも必要なときもあったのにそうしてこなかった天道が、今更避妊具の有無のために嘘をつくはずがない。

ただ、そういう理屈はあんまりお好みの返事では無かったようで、天道は『もう』とも『しょうがないわね』とも取れそうな表情を浮かべた。

「そう、そうね――ちょっとしたサプライズのつもりだったんだけど」

「驚きすぎて寿命が縮んだよ……」

「気持ちよくなかった？」

「そこを免罪符にするのはやめよう？」

「そうね、ごめんなさい。じゃあ説明するから、聞いてくれる？」

「それは、もちろん」

　でも抜いてはくれないんだな……。

　いやまぁ、これで萎えてない僕も僕でどうなんだっていう気はしないでもないけど、と意識を逸らしてないとこれちょっとすぐ出そう。

「誕生日のあと、伊織くんの希望も汲んだうえで考えたんだけど。やっぱりね、キミに最初に触ってほしいなって思ったの」

「……最初に？」

「もちろんキミが私を最後にしてくれるなら、私もキミが最初で最後」

「――うん」

　ここまでの関係になってなお、小さな言葉尻をとらえてしまう僕を許すように天道は唇を軽く重ねてキスをしてきた。

「そうね、プレゼントって言ったけど、キミにじゃなくて私にって考えて？　ホントはちゃんと出してほしかったんだけど」

「それもそれで聞かない話だなあ……いてっ」

口に出すのははばかられるけど、生セックス中出しがプレゼントとか言い出すのはもう犯罪っぽいんだよな、と思っていると鼻先を指で弾かれた。

「伊織くんに改めて誰にもさせなかったこと、私の全部をあげて、キミにも私にも今までで一番だって思えるセックスをしたかったの——いけない？」

わかりやすく拗ねた顔をされてしまうと、もう全部どうでもよくなってしまうからいけない。

「いや、嬉しいよ」

でも嬉しいけど、嬉しいんだけど、もうちょっと心の準備とか手心とか……！

あとこう話しながら微妙に腰を揺らすのも止めてほしい、なんかちょっと少しずつ動きが大胆になってる気がするし。

「そう、なら良かった」

そのくせこうやって嬉しそうに無邪気に笑うんだもんなあ。

「……つかささんはさ」

「なぁに？」

「なんていうか、僕をどうしたいの？」

「もちろん、私に夢中にさせて虜《とりこ》にしたいに決まってるじゃない」

もうなってるんだよなあ。

「そんなの、今更だと思うんだけど……」

「継続は力なり、よ。キミには昨日より今日の、今日より明日の私を好きでいて欲しいの、そのためならなんだってするわ」

「つよい」

そこまでしなくても、とかそのための手段が生セックスなの、とかぐだぐだした考えを吹き飛ばすくらいに強火の好意を向けられるのは率直に言って震えるくらいに幸せだった。

「それじゃあ、伊織くんもまだ元気みたいだし、あらためてプレゼントして？　最初は私が動くから、そのあとはキミの好きに、ね」

だからもちろん、続いたお願いを断ることなんかできなくて。

「お手柔らかにお願いします……」

僕の言葉に天道は何も言わずにただただ微笑むだけだった。

§

「んっ、んっ、ふっ、あっ、あっ……」

たん、たん、たんと小気味のよいリズムで僕の上で跳ねながら、天道が声をあげる。

切なげな、甘くも感じられるその声と違って、俗にスパイダー騎乗位とか言われる、蹲《そん》踞《きょ》の姿勢で繋がって、前のめりに僕の胸に手をつく現状は可愛げなんてまったくない捕食者感ばりばりのものだ。

まぁそれがこの上なく彼女に似合っている上に、例によってとんでもなく気持ちいいので文句もないんだけど。

しかしあらためて考えると良い子のところにだけは来ちゃいけないタイプのサンタだな……。ビキニでサンタ名乗っていいのかはわからないけど。

「う」

なんてことを考えていると、きゅっと胸元をつねられた。

文字通りに息がかかる距離の偏差値激高の美貌は、すねたように唇を尖らせる。

「――もう、頑張ってるんだから、ちゃんと私に集中して？」

「や、意識しちゃうとすぐ出そうで」

射精キャンセルのダメージもすっかり抜けて、天道がくれる直接的な快感と、視界を占める媚態《びたい》と、あと甘い匂いとかえっちな声ですでにのっぴきならない状況なのだ。

多分これ、録画しといたら下手なVR対応のアダルトビデオ《AV》とかよりよっぽどアレなんじゃないだろうか。見たことないけど、誰にも見せたくないけど。

「我慢なんてしなくて、いいのに」

「でもほら、せっかくだし」

「せっかくだっていうなら、良く味わってよ」

「それはそうなんだけど」

「でしょ？」

自分で言っててよくわからなくなった僕の理屈を正論で一蹴して、天道は腰の動きを上下から円を描くようなものに切り替えた。

「……ふふ、こんな感じ、なんだ」

「おぉぅ……」

陶然とした表情の天道が一度大きく腰を回す。

「んっ」

未知の快感に思わず僕の腰が引け、その動きに天道が敏感な反応を見せ、それがまたこっちを刺激するちょっとした永久機関が生まれる。

「ね、伊織くん、手、貸して、支えてくれる……？」

「あ、うん」

求めに応じて差し出した両手を彼女は正面から握り返し、短いキスのあとにぐいぐいとペニスをこね回すようにより大きな動きで腰を回し始めた。

「うわ」

その刺激と、触れるか触れないかのところで揺れる上半身から感じる熱さは、いよいよ僕を限界へと駆り立てる。

「ね、どう」

「すご、これもう無理……！」

「うん、んっ、大丈夫だから、このまま、ね、私の中に」

ちょうだい、とささやく唇に誘われるままむさぼりついた。

「つかささん……っ」

「ん……んんっ、んっ、んっ」

唇をぶつけ、舌を絡め合わせながら、浮かせた腰で何度も彼女を突き上げると、天道は腰を回す動きを小さなものに変え、巧みな緊張と弛緩の繰り返しで最後の仕上げを手伝ってくれた。

「ん――――！」

手袋越しの細い指がぎゅっと僕の手を握り返す。浮いたままで射精をする僕の腰が震える度に、天道の体も二度三度とびくりと震える。

「ぁっ、やぁっ……」

ペニスを温かく柔らかに包んでいた濡れた感触がさらに広がって行く感覚。

チカチカと明滅している気さえする視界の中で、何かに耐えるような表情の天道が小さく肩を揺らし、結んだ唇を震わせる。そういったすべての動きが快感へとリンクする。

今までにないほど強い、体と快楽によって繋がっているという実感が愛おしさに繋がるのは都合の良い錯覚なのか、全てを許されたという確信からくるものなんだろうか。

はっきりと答えは出ないけど、なんともいえない解放感が伴った快感と、それが巻き起こす情動は鮮烈に僕の脳に焼きついた。

「ん、もう、だめ……」

脚に力が入らなくなったのか、少しずつ柔らかな重みが腰にかかる。

最後の最後まで快感を絞りだそうとするように、僕の腰が無意識にぐいとそれを押し返すように動くと、強く眉根を寄せて目を閉じたままの天道が甘い鳴き声をあげた。

「んんっ、ゃぁ――」

「はっー……っ、はー……っ」

そうして射精後の脱力でとうとう腰を浮かせられなくなった僕に、同じように力の抜けた天道の体がのしかかってくる。

繋がったままの腕を万歳するように頭の上へとあげて僕はそれを受け止めた。

呼吸するたびに上下する彼女の心地よい重さを堪能していると、もぞりと身動きした天道が首元を甘噛みしながらささやく。

「はぁ……ね、いおりくん、私これ、はまっちゃいそう……」

「あー……うん……」

わかりみが深い。

なるほど世にできちゃった婚が絶えないはずだ、と今なら素直に納得できた。

とはいえ、だからこそどっちかが自制した方が良いんじゃないかな、と賢者モードに入った頭が考え出す。

その逡巡《しゅんじゅん》に焦れたように、天道は顔をあげた。

「――引いた？」

今更？　と思わないでもないけど、それでもまだどこか陶然とした様子の天道はちょっと心配しているようだった。

「いや、全然。ほらえっちな彼女ってまぁ、大体の男子的には嬉しいものだと思うし……」

「一般論じゃなくて、キミの場合は？」

じい、と見つめてくる明るい茶色の瞳の圧に、結局僕のなけなしの理性も降伏の旗をあげることを選んだ。

「正直、最高だった。から、またさせてもらえると嬉しい、かな」

「ん、じゃあ今度から、ずっと生えっちね」

「アッ、ハイ」

それはちょっと極端じゃない？

「ね、伊織くん、このままもう一回できる？」

「た、多分？」

どこまで本気だかわからない天道の言葉に、一抹の不安を感じながら頷いた。

§

荒い息、熱い体温、じっとりと汗ばんだ肌の感触。

すっかりと馴染んで、きっと互いに慣れを感じるようにまでなった行為。

けれどそれは飽きることを意味はしなくて、どんどんと上手になっていく彼は生まれた余裕以上に、上達を確かめるかのように一層求めてくれている。

「――――」

ふと、目が合った。

すぐに内側の思考に沈んで、あらぬところを見つめがちな目が求めるように請うようにじっと見下ろしてくる。

普段は静かな、枯れ気味と言ってもいいくらいの目に、確かな親愛の情と粘性を感じるような欲望の色があった。

それは体が伝えてくるものよりも強く背筋を震わせる快感だった。

「ん……っ」

首に回した腕に少しだけ力を込める、近づいてきた唇に貪りつくようにキスをする。鼻息が顔をくすぐった。

男の子の喜ばせ方は、知っているつもりだった。

それを使って自分に夢中にさせる自信もあった。

けれどそうなって欲しい相手を得て、初めて実行に移した結果は思いもよらないものだった。

指の動き、視線の動き、漏らす息――それらに返ってくる反応の一つ一つが嬉しくて、喜びと愛おしさを感じる。

目新しい発見なんてないと思った、溺れることなんてないと、知り尽くしたつもりだったセックスはその根本から意味を変えていった。

駆け引きもある、打算だってする、だけどそれ以上にあるのはただただ強い欲求だった。

もっと喜んで欲しい、もっと求めて欲しい、もっと、私を感じて欲しい――。

求められた分だけ溺れて、それ以上を差し出して、なお求める。

自分が感じている幸せのその少しでも理解してほしくて、言葉だけでは伝えられないほどの曖昧で強い情動を感じてほしくて。

「伊織くん」

彼の名を呼びながら脚を絡めた体を、内に感じる彼自身を締め付ける。

溶け合う体の熱より、胸を揺らす鼓動でより、もっともっと熱い気持ちが伝わるように、彼の体にすがってキスを繰り返し続けた。

§

「——伊織くん、他の子とえっち、しないでね」

そうしてビキニサンタと性の六時間をきっちり堪能して、僕たちは最低限の後始末だけで下着姿でベッドに横になっていた。

疲れと眠気で、それまでもふわふわな話をしていた気がするけど、そんな中でも極めつけに飛躍した話題がでて僕は思わず苦笑する。

「しないよ。こんなこと、恋人のつかささんとしかしない」

「うん……」

「なんでそんなこと言いだしたの？」

今更、浮気を心配されてるとは思わないけど、それでも彼女がはっきりと口にしたのは初めてな気がするな。

眠たげな、普段よりも子供っぽい喋り方の天道は、僕の言葉にうーと小さく唸って不機嫌そうに続けた。

「だってこんなの、絶対、キミのこと好きになっちゃう」

「それはないと思うけどな……」

勢い頼りのフィクションじゃないんだから。

そこまで下半身に縛られて生きてる人間いないと思うんだ。

「それでも、ダメだからね、特にゴムなしは、絶対」

「それこそ絶対しないって」

天道の珍しいヤキモチに、そしてそれがどうやら避妊具なしでのセックスが原因だってことに思わず笑ってしまう。

「なにせ婚約者が酔った時も、何もせずに家まで送ったからね」

「その婚約者は、嫌われたくなくって強引に出られなかったもの」

過去の実績を引っ張り出しても、天道は納得いかないように首を振る。

肩に触れる髪がくすぐったかった。

「だからってわざわざ僕にちょっかいかけようってそんな物好きは……」

——いや、いたな、葛葉《くずのは》っていう前例が。

いきなり前提が崩れたけど、まぁでも葛葉もそこまで強引な手は使ってこなかったというか、少なくとも罠にはめようとはしてこなかったし。

あれ、じゃあやっぱり何でもありの肉食女子の攻勢があった場合、楽観はできないってことだろうか。

「伊織くん？」

恐ろしい想像にとらわれた僕を天道の声が引き戻す。

「いや、じゃあ、その、改めて心しておくから」

「ん、よろしい」

くすくす、と笑い声をあげて天道は、唇を尖らせる。

求めに応じてキスを返すと満足したように、「ん」と一声あげて彼女は目を閉じ僕の腕を枕にした。

「ん……」

明るい茶色の髪に指を差し入れると、首をすくめてくすぐったそうな声をあげる。

綺麗な頭の形をなぞるように撫でていると、やがて静かな寝息が上がり始めた。

「つかささん？」

呼びかけに応えは無く、僕は彼女を起こさないようにリモコンに手を伸ばして照明を落とした。

部屋が闇に包まれ、途端に沈み込むような眠気がやってくる。

あ、そう言えばプレゼント、まだ渡してないや――

まあ起きてからでいいか、とそんなことを考えながら僕も意識を手放した。


翌朝、僕は「ピンポーン」と来客を告げる音で目を覚ました。

隣でまだ安らかに寝息を立てている天道を起こさないよう、ベッドから出る。

つけっぱなしのエアコンのせいか、喉に少し違和感を覚えながらインターホンに向かう。

カーテンからかすかに差し込む光は冬の朝にしてはずいぶんと明るい。結構寝過ごしてしまったのかもしれない。

「はい？」

と応答してしまったあとでカメラを確かめる。

そこに映る人物にわずかに残っていた眠気は完全に吹き飛んでいた。

「……美鶴《みつる》？」

『――イオちゃん、開けてくれる？』

白い肌に華奢な体格、ここ一年で大分大人びてきたけどまだ幼さの残る顔だち。

ダッフルコートに身を包んで、クリスマスの朝に僕の部屋を訪れたのは妹だった。

第四話　Sister Is Coming

二十年に及ぶ今までの人生のその三分の二ほどにおいて、僕にとって妹とは「世界で一番大事な女の子」と同義の存在だった。

そしてまた「兄になった」というのは、今年天道《てんどう》つかさと付き合うことになるまで人生最大のイベントだったとも思う。

出来のいい兄を持つ呑気な弟だった僕に、小さくて可愛い守るべき存在ができたのはそれくらい強烈なパラダイムシフトだった。

病院から戻ってきた母に抱かれる彼女の姿を見て以来、僕は妹——美鶴《みつる》にすっかり夢中になって、大人たちの真似をしてなにくれと彼女の世話をしたり、幼稚園から戻ったらまず最初に彼女の姿を探すくらいずっとそばにいた。

幸いなことに妹もそんな僕になついてくれて、思春期を迎えるまで（おそらく）「優しくて頼りになる兄」の評価を貰っていたと思うし、思春期以降は「優しいけど女子にはモテない兄」くらいに落ち込んだかもしれないけど、それでも兄妹仲は良好だった。

大分明るくなっているにもかかわらず部屋を出るときにも感じた肌寒さは、玄関のドアを開けると一層厳しさを増して思わず体が震えるほどだ。

「――おはよ、イオちゃん」

そんな寒さのせいで頬と耳を赤くさせた妹の、ちょっと鼻声気味ながらも変わらないはずの呼びかけに少し不安になってしまうのは、なんとなく昨夜の行為がやましく思われてしまうからか、あるいは妹がちらと天道の靴に視線を向けたことに気づいたせいだろうか。

「おはよう、美鶴。どうしたの、急に」

「急にじゃないよ、ちゃんと何度か連絡したもん」

「あー、スマホ見てないや……」

「知ってる、既読もつかなかったから」

「ごめんごめん」

昨夜は結構早い時間から忙しかった（意味深）し、その後は疲れもあって朝までぐっすりだった。

うん、やっぱあれこれと新しい扉を開いた翌朝早々に家族と顔をあわせるのは相当気まずいな……！

「別に、いいけど。部屋、あがっていいよね？」

「あ、うん、もちろん」

なんかちょっと彼女っぽい言い方だな、と思いつつ場所を譲って招き入れる。

がちゃんと重い音を立ててドアが閉まったあと、最後の最後でひゅうと滑り込んできたダメ押しの冷気が玄関の温度をさらに下げた。

兄と僕とを経由してもう大分くたびれてしまったおさがりのコートに身を包んだ妹は、すんと小さく鼻を鳴らすと身を揺すった。

そうして後ろ手に持っていた紙袋を「ん」と差し出してくる。

赤と緑が鮮やかなクリスマスカラーの小さな袋だった。

「メリークリスマス、イオちゃん」

「わ、ありがとう。わざわざ渡しに来てくれたの？」

「うん、だって今日は帰ってこないって言ってたから。風邪もホントに治ったのか心配だったし」

声色は言葉通りの心配が七割に、ちょっと拗ねたような感じが三割だった。

「あー……それは、うん。心配かけてごめん」

メッセージだけで済まさずに通話でもしておくんだったかな。

去年のクリスマスは実家に帰ってたし、僕が体調を崩すのなんて本当に久しぶりだったし。

「いいよ、昨日はイオちゃんも忙しかったんでしょ」

「ははは……まぁでもほら、見ての通りもう大丈夫だから」

「そう？　ちょっと変な気もするけど」

「ソンナコトナイヨー、ゲンキダヨー」

まぁ多分僕が勝手に感じてる疚《やま》しさのせいだな……。

でもやっぱり妹からもそこはかとなくただの心配だけじゃない圧を感じる。

このところ返事をマメにしなかったのが良くなかったのか。あんまりないことだけど、それだけに機嫌を損ねるとちょっと尾を引くんだよな……。

「とりあえず、コーヒーでも入れるから部屋に……」

そう言いかけて、多分まだベッドで夢の中にいるであろう（元）ビキニサンタのことを思い出した。

「ごめん、美鶴、ちょっと待っててもらっていい……？」

「え、どうして？」

心底不思議そうな声が、ぐさりと心に痛かった。

「いや、ちょっと部屋の片づけとか、しなくっちゃなあ、って」

浮気現場に踏み込まれたときってこんな気分なんだろうか。

いや兄と妹だし、天道と付き合っていることは家族も周知の事実だし、お互いに成人してるしで何も問題はないはずなんだけどな……！

それでも自分がなんだか汚れてしまった気さえ感じる。

妹に不潔とか言われたら死ぬ。物理的に。

「別に気にしないけど……あ、でも、天道さんにも準備がいるもんね。わかった、待ってる」

「うん、ありがと……」

事態を察したらしい妹の、今までに向けられたこともない冷ややかな声と視線に、ちょっと泣きそうになった。

§

「こうして直接会うのは久しぶりね、美鶴さん」

「はい。お久しぶりです、天道さん」

「名前でいいわ、『つかさ』って呼んでもらえる?」

「わかりました。じゃあ私もさんづけはちょっと」

「そう? なら『美鶴ちゃん』って呼ばせてもらうわね」

「はい、つかささん。兄がいつもお世話になってます」

「いいえ、こちらこそお兄さんにお世話になってます」

和やかなのか、そうでないのか。

にこやかな天道も、外向けのちょっとすまし顔の妹の表情も見慣れたものなのに、なんとなく不安を覚えてしまうのは僕が考えすぎなのかどうか。

「ちゃんとクリスマスしてたんだね」

「あ、うん」

飾り付けられたままの部屋を見て言った妹に頷く。

ちゃんとクリスマスしてたって『二人でお楽しみだったんだ』って意味じゃないよね⁇

左に天道、右に妹を見るような位置でテーブルについて、ついつい三角形の残りの頂点をうかがいながらコーヒーを口に含む。

「ん……」

カフェインで眠気が覚め、体が温まってくると今度は空腹が意識されてきた。

そう言えばケーキが手付かずで残ってたっけか、朝食前にはどうかって気もするけど、ほかに用意もないしなあ……。

「二人ともケーキ食べない？」

「あぁ、そうね。そうしましょうか」

「私ももらっていいの？」

「昨日はご飯を食べすぎちゃって、手付かずなの。昼からは出かける予定だし、美鶴ちゃんも手伝ってもらえると助かるわ」

天道の説明を聞いて、ちらとこちらを見た妹に頷き返す。

「じゃあ、いただきます」

「なら用意してくるわね、伊織くんは座ってて」

「あ、うん。ありがとう」

先に言い出されてしまったので、大人しく天道にお願いする。

もうすっかり慣れた様子でキッチンスペースへ向かう彼女を見送ると、わずかに部屋の空気が弛緩したように思えた。

換気のせいで冷えていた部屋も少しずつ温まってきているし、この流れに乗るしかないな。

「そう言えばさっきのプレゼント開けてもいいかな?」

「うん、どうぞ」

妹の声はどこか得意げで嬉しそうだった。

高校に入って見た目はかなり大人っぽくなったけど、このあたりは小さいころから少しも変わらなくて微笑ましい。

でもそれを表に出しすぎると機嫌を損ねかねないので、我慢しなくちゃいけないのが兄の大変なところだな……。

シールを丁寧にはがして袋を開けると、中に入っていたのは手のひらに乗るくらいの小さな箱だった。

「ペンギンだ」

箱には丸々とした素焼きのペンギンの画像がプリントされている、いかにも女の子っぽいチョイスだ。

「そのペンギンね、お腹に水を入れたら加湿器になるの」

「へえ」

それだけ聞くと割と猟奇的だな……。

箱の中からお腹の部分が空洞になったペンギン型のポットと、水を受けるためらしい皿のセットを取り出す。

ざっと説明書を見ると水分の自然蒸発で部屋を加湿するシンプルなつくりだった。これなら電気代もかからないし、場所もとらないサイズだし実用的だな。

ペンギン型なのは単に妹の趣味だろう。

「可愛いね」

「そうでしょ？　ちゃんと使ってね」

「ん、ありがとう」

「——あら、可愛い。それ、美鶴ちゃんのプレゼント？」

テーブルの上にペンギンを鎮座させたところで、ケーキの箱と皿を抱えた天道が戻ってきた。

「うん、加湿器なんだって」

「伊織くん、風邪ひいたばかりだものね。お兄さん想いなのね、美鶴ちゃん」

「これくらいは普通だと思いますけど」

天道の言葉に、妹は少し早口で答えて視線を背《そむ》ける。

思春期っぽい反応を微笑ましく思いながら、ケーキの箱を開けると甘い匂いが部屋に広がった。

いかにもクリスマスって感じの中身は、切るのが少しもったいないような豪華なブッシュ・ド・ノエルだった。

サイズ的には三人で切り分ければ、ちょうど良さそうかな。

「美鶴、上のサンタ食べる？」

「……そんなに子供じゃないもん」

砂糖細工の人形を指さしながら聞くと、ちょっと責めるような視線とツンツンした返事が返ってきた。

去年までは喜んでくれてたのに……。

いや、これが子ども扱いしてるって事なんだろうか。今日は天道もいるしな。

「伊織くん、ケーキ切る前にちょっと撮らせてもらってもいい？」

「あ、うん、どうぞ」

「ありがと……ん、いいわ。ついでに二人も一緒に撮りましょうか？」

角度を変えながら三度シャッター音をならした天道は、スマホから顔をあげると僕らにそう聞いてきた。

「あー、じゃあお願いしよっかな。美鶴もいい？」

「うん」

すっと自然に隣に来る妹の距離感に安堵しつつ、天道が構えるスマホに目線を向けた。

誕生日の時は実家でも同じようなことやってたけど、クリスマスケーキと映るのは初めてな気がするな。

「――ん、それじゃあ美鶴ちゃんにも画像送るわね」

「はい。お願いします」

あと自然な流れで天道と妹がアドレスを交換したけど、まさかこれが狙いで撮影なんて言い出したんだろうか。

僕にはとてもできそうにないな……。

§

「――あ、そうだ。二人ともこれ、あらためてメリークリスマス」

ケーキを食べ終えて（サンタは結局妹の皿におさまった）一息ついたあとで、クローゼットの奥に用意していた紙袋を二人に手渡した。

「あら、ありがとう」

「え、私のも用意しててくれたの？」

「もちろん」

喜色を隠せない妹に対して天道の声は落ち着いてたけど、表情は二人とも嬉しそうだ。

「じゃあ伊織くんにも、私からメリークリスマス」

「ありがとう」

顔面偏差値激高《げきだか》の顔に魅力的な笑みを浮かべる恋人に、妹の前であんまり緩んだ顔も出来ないとこちらは努力して落ち着いた声で返事する。

差し出されたのは綺麗にリボンがかかった不織布の包みだ。

重さなんかは洋服っぽいけど、冬物にしては嵩がない。

「イオちゃん、今開けちゃっていい？」

「あ、うん。いいよ」

「じゃあみんなで一斉に開けましょうか」

「あ、そうしようか」

がさごそと包みを開ける音のあと、三人で示し合わせたようにテーブルに中身を広げた。

「わ、可愛い！」

「素敵ね」

と幸いに好評をいただいている二人へのプレゼントは、天道には蝶のモチーフがあしらわれた銀のイヤーカフ、妹にはもこもこした白熊のルームスリッパ。

そして天道から僕へのプレゼントは、表がダークグレーで裏がチェック模様になったマフラーだった。

「おお……」

「格好いいね、大人っぽい」

「うん。うわこれ、すごい手触りもいい、ね……？」

滑らかかつ柔らかなカシミヤの感触に感動していると、僕でも知ってるブランドロゴが目に入った。そう言えばこのチェックの柄もよく見れば知ってるやつだ。

もしかしてこれ、ものすごくお高いやつなのでは？

「つかささん、あの……」

「伊織くんの持ってる服と合わせやすそうな色にしたんだけど、どう？」

にこにこと上機嫌な恋人と、スリッパを撫でて感触を楽しんでいる妹の不思議そうな表情にあんまり野暮なことを言うのもな、と言葉を飲み込む。

「あ、うん。ありがとう」

「どういたしまして」

言いながら天道は左の耳にイヤーカフをつけて、髪をかき上げると「どう？」とばかりに視線を向けてきた。

「似合ってるよ」

「すごく可愛いです」

「ふふ、ありがとう。美鶴ちゃんのスリッパも可愛いし、暖かそうね」

「はい。イオちゃん、ありがとね」

「ん、僕も喜んでもらえて、何より」

「ねえ伊織くん、鏡とってもらえる?」

「あ、うん」

それから互いにマフラーやスリッパの試着をしたりと、しばし和やかな雰囲気で話が続いた。

「――イオちゃん、明日にはちゃんと家に帰ってくるんだよね?」

「うん、そのつもり」

「つかささんも一緒に来るの?」

「いや、その予定はないけど……」

そう言えば去年は、兄が帰省に恋人を連れてきたっけ。

絶妙に気まずかった覚えがあるけど、思い返せばそれだけ本気の付き合いって意思表示なんだろうし、元婚約者っていう僕と天道の経緯を考えればそうしたほうが良かったのかな……。

正直寝込んだのを差し引いても、クリスマスってイベントに意識を取られすぎてて深く考えてなかった。

「私も年末年始に家を空けられないわけじゃないけど、今から急に押しかけてもご迷惑でしょ」

「あー……」

天道に視線を向けると、例によって顔色で全てを察したらしい彼女は苦笑した。

僕、妹、祖父と両親に去年通りに兄が恋人を連れてくるとしてそれで七人、ここにもう一人となると確かに家も手狭になりそうだ。

そしてなんでもっと先に言わないのか母に叱られるのも間違いない。

「年始の挨拶には行くつもりだけど、それは大丈夫よね？」

「それはもちろん」

「私から、お母さんにも話しておきますね」

「あ、でもそんなにばっちり用意してこなくてもいいからね、つかささん」

天道家のことを考えれば、正月にはお高そうな着物とか着てそうだし。

迎えるホーム側とはいえ、実家へのご挨拶って高いハードルがさらに上がるのはちょっと困る。

「そういうわけにもいかないでしょ、ちゃんと相応しい格好でうかがうわ――別に伊織くんはスウェット姿とかで迎えてくれても構わないけど？」

「僕が大いに構うんだよなぁ……」

実際本当に実行したら、一生話のネタとして擦《こす》られ続ける気がするんだ。僕は詳しいんだ。

「イオちゃん、そこまでだらしなくはしてないですよ」

「美鶴……」

「おこたで寝て酷い寝ぐせになってたりしますけど」

「美鶴!?」

「あら、それは見に行かなきゃ」

フォローを貰えたと思ったら後ろから刺されて情けない声が出た僕を他所に、二人は楽しそうにくすくすと声を漏らした。

全く予想しない二人の邂逅《かいこう》だったけど、別に不安に思うこともなかったかな、と思っていると、二杯目のコーヒーを飲み終えた妹が表情を真剣なものに改めた。

「――あの、ところで今日はつかささんに聞きたいことがあるんです」

天道と僕に視線を行き来させる妹の様子から、なにかそれが言い出しづらいことであるのは簡単に想像がついた。

心当たりはありすぎるほどにある。

内容が内容だけに妹に詳しく話したことはないけど、天道家からの婚約解消の申し出は隠しようもない事実だし、なにかがあったことは明白だ。

調べようとすれば、天道の過去についてなにがしか知ることは簡単だろう。

そのうちに、と説明を後伸ばしにしていたのがまずいことになったというか、いざこうなると希望的観測にすがってしまってたのは感じる。

「あら私に？　なにかしら」

悩む僕と違って問い返す天道の姿はいつも通りに堂々としたものだった。

何も察してないということはないはずだけど――でもよくよく考えたら当の婚約相手である僕になにもかもぶちまけてたな。

「はい、その……」

少し戸惑うようなそぶりを見せていた妹も、逆にそれで覚悟が決まったか意を決したように口を開いた。

「――あの、つかささんは、えっちな人なんですか？」

「美鶴？」

しかし発せられた言葉は、僕の想像を超えていた。

何て聞き方するんだ、この妹様は。

「そうね。えっちかそうでないかで言えば、私はかなりえっちなお姉さんね」

「つかささん？」

そして恋人様も何を言い出すんだろう。いや、否定のしようもない事実だけどさ。

「だって本当のことでしょう？」

強い。

「それにしてももうちょっと手心というか、言い方ってものがない？」

「ないわね」

うーんこの。

あまりに堂々とした物言いに聞いた妹が気圧《けお》されてしまっている。

ぱくぱくと何度か口を開け閉めしたあと、すーと大きく息を吸って妹は再び口を開いた。

「……大学の文化祭の時に、その、うわさされてるのを聞いたんですけど、じゃああれも本当ってことなんですか？」

「そうね、何を聞いたか次第だけど。多分大筋ではあってると思うわ」

「あのさ、美鶴」

「イオちゃんはちょっと黙ってて」

「大丈夫よ、伊織くん。美鶴ちゃんには聞く権利があるもの」

「それは、そうかもしれないけど」

あと方向性は本当に大丈夫なんだろうか。

なんか天道がただのえっちな女の子かどうか確認するだけの話になりそうな……。

「それで、聞きたいことはそれだけかしら」

「いえ。その——じゃあ、つかささんはなんで兄と付き合ってるんですか」

「もちろん、単純に好きだからよ。伊織くんも私のことを好きだって言ってくれてるわ」

その当たり前のような言葉には、照れも迷いも一切なかった。

天道が男前なのはいつものことだけど、肉親相手にそう言われるとこっちとしてはまたちょっと違う照れくささがある。

「それから、今はもうえっちな私は伊織くんにしか見せてないから安心して？」

「それは付け加えなくても良くない？」

さっきから僕の中で妹に言ってほしくない言葉ランキングがどんどん更新されてる。

案の定、妹に困った顔で見られてしまったけど、肯定しにくい……！

「えっと、美鶴に説明してなかったのはごめん。でもつかささんは僕をだましてたりはしてないし、過去の経緯も理由もちゃんと理解した上で納得して付き合ってるから——多分」

「多分は余計」

天道は不満そうだけど、積極的に過去を聞きだせるほど強メンタルはしてないし、そのつもりもないわけで。

「そう、なんだ……」

うーんと小さく唸って、妹は唇に指をあてた。小さいころからの考え事をするときの癖だ。

まだ納得いったわけではなさそうだけど、僕だって妹が連れてきた彼氏がものすごいチャラ男だって後で知ったら、絶対根掘り葉掘り問い詰めるだろうし。

これが他人なら説明しても駄目なら諦めるって手もあるけど……。

「美鶴ちゃん、すぐには納得できないかもしれないけど、伊織くんとのこと見守ってもらえないかしら」

「……」

「美鶴」

「――ね、イオちゃん、さっき昼から出かけるって言ってたけど、それってデートなの？」

「え？　いや、僕とつかささんの友達と四人でだけど……」

「――それに私も、ついていっていい？　つかささんのこと、もっと知りたいから」

「え……」

「ええ、私はいいわよ」

困惑する僕を他所に、天道は力強く頷いた。

第五話　混雑率八十パーセントのクリスマス

地下鉄駅から地上に出ると、冬のくすんだような色の空と冷たい風が僕らを迎えた。

十二月二十五日の午後、天気は晴れ。

駅地上の建物前にはイルミネーションで飾られたツリーがでんと鎮座し、クリスマス当日を華やかに彩っている。

他方で街行く人や車の流れには師走《しわす》独特の忙しなさも感じられる、そんな日だ。

彼女と妹に挟まれて地下鉄に乗るという、和やかなんだか不穏なんだかの緊張の時間からようやく解放された僕は大きく息を吐く。

白いそれはすぐに風に吹き消されていった。

「さっそくマフラーが役に立ったわね」

「あ、うん、ありがとう。大事に使うよ」

吹きつける寒風に天道はどや顔をして見せたけども、今回は正しい表情なんだよなあ。

さて、と一歩を踏み出したところで、妹と天道が「あ」と小さく声をあげた。

僕の左側では、ぶつかりかけたらしい二人がちょっとした交通渋滞を起こしている。

いつものように並んで歩くことを考えてスペースを空けてたんだけど、そう言えばどちらにとっても定位置だった。

「――どうぞ、美鶴ちゃん」

「いいんですか？」

「ええ、一緒に出かけるの、久しぶりでしょ？」

「じゃあ、ありがとうございます」

一瞬の緊張のあとで二人は無事平和的に合意に達したけど、僕の意見が全く確認されなかったのは一体？

「だって、聞かれても困るでしょ？」

「心を読むのは止めようよ」

「だってイオちゃん、顔に書いてあるんだもん」

「美鶴まで……」

確かに選べと言われると死ぬほど困るけど。

多分寒さで普段より表情が硬くなってると思うんだけど、そういうところじゃないんだろうな……。

「あとつかささん、三人並ぶのはさすがに無理がない？」

そして妹に花を持たせてくれるかに見えた天道は、平然とした顔で僕の右側に陣取ると腕を絡めて手をつないできた。

「平気よ、人が来たらよけるし、歩道も広いから」

「自転車とか、気を付けてね」

「イオちゃん、もうちょっとこっちによって」

「あ、うん」

天道に対抗するみたいに左から妹が引っ張ってきたけど、これはヤキモチとかじゃなくて単純にスペース確保だな？

まぁ僕らは多分世間一般の兄妹よりは仲はいいと思うけど、それでも大学生と高校生になって腕を組むほどじゃないし。

「なぁに、両手に花なのに嬉しくないの？」

「そう言っても一人は妹だし」

「私の分は認めるんだ？」

「それはそう」

まぁ天道は言うに及ばず、妹も小さいころから外見を褒められることは多かったし、はたから見れば羨ましがられるシチュエーションかもしれない。

僕もずいぶんえらく（?）なったもんだな。

「――仲、いいんだね」

「ええ。少しは安心できそう?」

「でも、人前ではどうかと思います」

「アッハイ、スミマセン」

「……別に、謝らなくてもいいけど」

僕に向けたであろう言葉に天道が答えて、彼女への言葉に僕が謝るという流れに妹は困ったように顔を背《そむ》けた。

あとその反応で、今までは自覚してなかったけど、僕らが周囲の見えないバカップル化してる気がしてきたな……。

人前でっていうなら、もっとどうかと思うようなやり取りを日常的にしている気がするし。僕は気づかぬうちに爆発するべきリア充になっていた……?

「伊織くん、信号」

「渡るんじゃないの?」

「あ、うん」

二人に言われて気づけば信号は青になっていた。

横断歩道を渡った先の、白い角ばった建物が目的地だ。

市内唯一の通年スケートリンクにボウリング場、レストランや貸しスタジオなんかも入ってるレジャー施設で、地下鉄駅からは徒歩で五分もかからない。

ただ建物自体が大分古いのと、天神《てんじん》や博多《はかた》駅なんかの中心部から離れていることもあって今日も人出はそこそこだ。

一番の売りのスケートだって、そもそもが福岡だと馴染み深いものじゃないしなあ。

「ぶわ」

「きゃっ」

それまで風よけになっていたのか。横断歩道の前で止まっていたバスが動くと、ひときわ強く吹いた風に僕らは悲鳴をあげて建物に駆け込んだ。

「うー、寒かった……」

エントランス付近は空気の出入りのせいかそこまで暖房が効いてなかったけど、それでも風がなくなっただけで大違いだ。

「つかさ、志野《しの》、こっち」

一息ついたところで声をかけてきたのは天道の友人水瀬英梨《みなせえり》だった。

　僕らも遅刻したわけじゃないけど、彼女から先に着いたと連絡があったのは地下鉄に乗る前のことだ。

　ソファに腰かける姿からもなんとなく退屈していたような気配を感じる。

「おまたせ、英梨——神谷《かみや》くんはどうしたの？」

「さぁ、なんか珍しいゲームがあるって上にいったけど。そろそろ降りてくるんじゃない？」

「あー……」

　確か音ゲーとかがちょっと置いてあるって聞いたな。

　でも僕が言うのもなんだけど、一緒に来た相手、しかも女子を置いてそれなのはちょっとどうなんだろう。

　かみやんでさえゲーマーのダークサイドからは逃れられないのか。

「それで、そっちが志野の妹？」

「あ、うん」

「はじめまして、志野美鶴です」

「へぇ……」

　妹を上から下まで観察する水瀬の姿に、僕が初めて彼女に会ったときのことを思い出した。

事前に水瀬にもかみやんにも了解は得たけど、実際この歳で遊びに兄妹同伴はちょっと聞かないしな。

内心どう思われてるやらと身構えていると、水瀬の口から出てきたのは予想外の言葉だった。

「ばり《とても》可愛くない？」

「でしょう？」

珍しく訛ってしまうくらいの衝撃だったみたいだけど、まぁ妹は可愛いから多少はね？

でもなんで天道まで自慢気なんだろう。

僕が誇るタイミングを逃がしてしまった。

「水瀬英梨、つかさの友達ね。高校生だよね？　何年？」

「一年生です」

「へー、志野とはあんま似てないね」

「えっと、私、お母さん似なので……」

そしてなんか「どこ住み？」とか言い出しそうなぐらいぐいぐい来てる水瀬に妹も困惑気味だ。

僕らのあとで荒れたって話も聞かないし、高校に金髪はいないだろうしなぁ。

「水瀬、ナンパはそれくらいにしてくんない？」

「はぁ？　そういうんじゃないし。アタシは可愛い子好きなだけだから」

「それをナンパって言うんじゃないかな……」

「ごめんなさいね、美鶴ちゃん。でも本当にそういう意味じゃないから」

「あ、はは……」

重ねて言われると逆に不安になってくるな……。

まぁ本気で水瀬が同性愛者かと言われると今までそんな感じはなかったし、カメラマンとしての話なんだろう。多分。

「まぁ、ここで話しててもなんだし、上に行こうか」

「ん、神谷に二階集合って伝えとく」

「美鶴ちゃん、ボウリングは得意？」

「あんまりしたことないです、多分二回か三回くらいで」

「まぁアタシらもそんなにだから、高校のとき以来だっけ？」

「去年一度行ったでしょう。ほら、真紘《まひろ》たちと一緒に」

「あぁー……あ、真紘もアタシらの友達ね、心配しなくても女子だから」

天道はもちろんだけど水瀬も案外妹のことは気にかけてくれてるみたいだし、気まずいことにはならなそうだな。


ガタン、ゴトン、ゴロゴロと独特の低音が場内に響いている。

少しレトロな雰囲気のボウリング場は冬休みということもあってか盛況で、二十を超えるレーンはすべて使用中だった。

客層は家族連れの姿が結構多く、逆に陽キャや僕らみたいな学生くらいの集団は少数派で、年配の方たちが数レーンに及んで遊んでいたり、サンタ帽を被った一団もいたりと賑やかな雰囲気だ。

「――やー、ゴメゴメ、思ったより鈍《なま》ってなくって切り上げらんなかったわ」

「だから時間ないからやめとけって言ったのに」

予約を終えてレーンが空くのを待っているところに合流したかみやんは、容赦のない水瀬の糾弾に苦笑を浮かべた。

あまりに正論なのでちょっと擁護はしづらい。

「サーセンした。あ、しのっちの妹さん？　ども、神谷の大輔《だいすけ》っす。おうわさはかねがね」

「あ、はい。美鶴です、今日は急にすみません。私も、神谷さんのお話は兄からよく聞いてます」

「あ、いえ、ども恐縮っす」

やたらに緊張した様子でぎこちなく挨拶をすませたあと、かみやんは僕の二の腕をがっと掴んできた。

何やら深刻そうな表情をしている。

「ちょい、しのっち、美少女じゃん！」

なんかついさっき同じような反応を見た気がするな……。

「でしょう？」

「なんでつかささんがドヤるのさ……そうだけど、何か問題あった？」

「俺が落ち着かない」

「なるほど」

深刻な問題だ……！

「なにその顔、些細な問題でしょ……」

「あと男女比が二対三じゃん？　誰かもう一人くらい男子呼んだ方がバランス良くねーかな」

「いや、それはダメだ。男子学生はケダモノだから、妹には会わせられない……」

「唐突な自己&俺否定やめね？」

「伊織くんって結構シスコンだったのね」

「だいぶキモイわ」

「ひどい」

真実はいつだって人を傷つけがちなものだぞ、水瀬。

「ってかそんな気にするなら、なんで神谷がいるのに連れてきたのよ」

「いや、かみやんは例外だから」

「照れる」

おおげさに頭をかいてる友人はオタクに優しいギャルという夢を追い続ける旅人だから妹は対象外だろうし。安全だなヨシ！

「あの、イオちゃん。やっぱりついてきたの迷惑だった？」

「いやいや、そんなことないよ！　な、かみやん！」

「お、おう。あ、でもマジで気にしなくていいんで！　全然ウェルカムなんで！」

「水瀬！」

「いや、話ややこしくしたのはアンタらでしょ。アタシは別に最初からなにも言ってないし、気にしてないから」

「言うまでもないけど、私ももちろん問題ないわよ。美鶴ちゃんとは前からお話ししたかったたし」

それは外堀埋める的なニュアンスがないかな。

まぁとっくに本陣は陥落してるから、こちらとしても埋めてもらった方が助かるけど。

「はい、ありがとうございます」

「でもさ、実際どうして急に来る事になったわけ？　友達に今日の予定ぶっちでもされた？」

「あー、それは……」

付き合いのない兄の知り合いといきなり遊ぼうなんて疑問に思って当然だ。

時間がなくて事前に説明しきれなかったことを悔やみつつ、さて、どう伝えたものかと考える。

「ええと……」

それは僕だけでなく、妹も同じようだ。

まぁ兄の恋人の素行調査に来ました！　なんて言えるようなキャラじゃないしな……。

「あー、ほらリスケ間に合わなかったとかじゃね？　それか、しのっち風邪引いてたのを心配して来たけど、元気だったから遊びに行こうかってなったとか?」

かみやんとかいう神友人。

このフォロー力よ。

「あー、そうそう、そんな――」

「いえ、あの……」

「美鶴ちゃんは私のことを知りたがってるのよ、伊織くんのこと心配なのね」

しかし感動に震える僕がフォローに乗っかるより、妹の訂正よりも早く、天道つかさは堂々と真実を口にしていた。

§

レーンのギリギリを滑ったボールが端に残っていたピンを弾き飛ばした。

コォンと小気味よい音を立てて飛んだそれは、反対側に残っていたもう一本を巻き込んでからピットへと消えていく。

「よっし」

「ナイッスー!」

難しいスペアを成し遂げた僕は、片手をあげて迎えたかみやんと掌《てのひら》を打ち鳴らして席に着いた。

向かい合う二列の席の対面には、妹を挟んで女性陣が座っている。

天道と妹は拍手してくれたけども、妹の同行が友人の素行調査目的だと知った水瀬は久しぶりの厳しい表情だ。

視線にも『面倒くさいことしやがって』みたいな思いも見て取れる。

いや、もちろん弁護はするし僕が上手いこと話せてたら良かったとは思うんだけど、元はと言えばそちらの友人さんサイドにも問題があるのでは？

「なぁに、二人で見つめあっちゃって」

「なんか、志野が調子のってそうだったからさ」

「酷くない？」

「ストライクにあらずんばスコアにあらず的な？　みなっさんガチ勢かよー」

「そういうんじゃないっての」

言い捨てて、水瀬はボールを手にアプローチに向かった。

なんでも器用にこなす天道は例によって好スコアだし、僕と水瀬も体を動かすのは得意な方だ。対してインドア派のかみやんと年下で運動も苦手な妹は苦戦中。

とはいえ全員ボウリングをするのは年単位で久しぶりだし、適当に男女で分けたチーム戦は、ハンデ無しでもそれなりに競《せ》った展開になっている。

なかなか盛り上がる展開じゃなかろうか、ただし嫁小姑問題に加えて友人たちを身内の問題に巻き込んだ形の僕は除く。

続いて妹が投げるタイミングで、かみやんがすっと身を寄せてきた。

「――なぁなぁしのっち、妹さんになんか聞かれたらさ。天道さんのフォローした方が良いかんじ？」

場内はボウルやピンが転がる音に、いろんな機械の動作音にＢＧＭと騒がしいせいで意識して声を張らないと隣の声でも聞こえにくい。

声を張らずに話そうとすれば自然と顔を寄せる形になるので、妹も不自然には思わないだろう。

「や、そこは普通に、正直に答えてもらった方が良いかな」

「それでいいん？　天道さんのうわさは高校生には結構キツくね？」

「そうなんだけど、下手に誤魔化してもしょうがないかなって」

「あーね。まぁしのっちがそれで良いんなら……あー、おっしい」

ゆるゆるとした勢いの妹の二投目が、五本を倒しただけに終わったのを見てかみやんは声をあげて身を離す。

僕には中々できそうにない自然な演技だ。

「少し左にずれちゃったわね」

「もうちょい勢いつけた方がいいかも?」

「次はそうしてみます」

女子の方も水瀬が自然と間に入ってくれるおかげで気まずい感じはないし、なんとかこのままいい感じに終わってくれれば……!

§

結局男子対女子は接戦で僕らが制し、志野家対天道水瀬神谷連合の戦いで連合勝利の流れが決したとき、「あ」と投球を終えた直後に天道が手元を押さえた。

「つかささん、どうかした?」

「爪が欠けちゃったから、少しお手入れしてくるわね」

「あぁ、じゃあちょっと待っておこうか?」

「ううん、時間もかかるし、少し腕も疲れてきたから最後のゲームは四人でお願いできる？」

「おっけ」

「了解《りょ》！　ごゆっくり」

多分、これは話がしやすい様にって天道なりの気遣いだろうな。

このあとスケートにも行くつもりではあるけど、文字通り腰を据えての話は今の方がしやすいだろうし。

「じゃあ最後はチーム決めずに個人戦でやろうか、美鶴はハンデつけようか？」

「いいよ、別に。罰ゲームとかないんだし」

そう言われると少ししたくなってくる気もするな……。

「んじゃー四人でスコアアタック、と。順番は適当でおけ？」

「はい」

そうして僕と妹、水瀬とかみやんとに席を分けた最終ゲームは、それまでと変わって静かに進んだ。

すでに目的が明かされている以上、天道の話をしたいというのは全員認識しているだろうけど、美鶴にしたら二人は今日あったばかりで、しかも年上。

かみやんたちにしたって何をどう話したかは考えものだろう、僕から話題を振るのもなんかやらせっぽいしな。

ちらちらとかみやんとアイコンタクトでタイミングを図ってるうちに、はぁと溜息をついて水瀬が口を開いた。

「――で、納得できた？　つかさの素行調査の結果は」

「みなっさん言い方、言い方」

「ちょっと棘がないかな……」

「いや、だってそれが目的なんでしょ。根掘り葉掘り聞こうってんじゃなくても」

あんまりキツい言い方はしないでほしいけど、友人を値踏みされる形になる水瀬としてはそりゃあ思うところもあるか。

「あの、気を悪くされたならすみません。でも、私も別につかささんのことを悪い人だと思ってるわけじゃないんです、今日、お話ししててもそうは思いませんでした」

「へぇ？」

「――ただ、だから私に見える範囲のつかささんと、うわさになってるつかささんと、どっちが本当なのかなって。そうは思うんです」

「「「あー……」」」

妹の言葉に僕らはそろって納得の呻きをあげた。

そもそもが天道の過去が「悪いこと」なのかすらも人によって評価が別れるだろう。これが好悪の問題なら、もっと話は簡単だけど。

そもそも単純に「そういううわさがあるからダメ」ではなく、改めてひととなりを知りたいと思ったからこそ、妹はやってきたんだろうし。

でもそんなの一日でわかるかって言うとな……。

そもそもこの場合の「本当」の定義ってどうなるのか、ついつい頭を抱えるような事態のなか、再び水瀬が口を開いた。

「――まず最初に言っとくけどアタシは基本つかさの味方だから。で、うわさに関しては、あの頃のつかさを手放しで肯定はしないけど、でもそれにどうこう言えるのって当事者だけじゃない？　とは思ってる」

それは数多くはない天道の友人であり、ずっとその立場を貫き続けてきた彼女らしい言葉だった。

「そもそもうわさ自体、つかさに相手されなかった男子と女子の嫉妬九割だと思ってるし」

色々とため込んでいるものをうかがわせる水瀬の言葉に、一割は違うんだ、と水を差さないだけの成長は僕にもある。例によって軽く睨まれたけど。

「だからまぁ大事なのは、つかさと付き合ってる志野がどう考えてるかじゃないの。で、それで納得するもしないも、美鶴ちゃん次第だと思う」

「はい」

まっすぐに言葉を受け止めて頷いた妹に、話はおしまい、とばかりに水瀬は席を立ってボウルを手に取り、止まっていたゲームを再開する。

投じられたボールが力強くすべてのピンをなぎ倒す音が響いた。

「っし！　ほら次、神谷。アンタもなんかないの」

「うぇぇ、俺も？」

「つかさが戻ってくる前に片付けた方が良いでしょ、ホラ、投げる前にちゃっちゃと済ます」

「かみやん、僕なら気を使わなくてもいいから」

「まじかー、んんん――!!」

「お願いします」

腕組みをしながら唸った友人は僕と妹の間で視線を行き来させたあと、九十度近くかしげた首を戻して小さく、うし、と気合を入れるようにつぶやいた。

「じゃあ言うけど。正直うわさだけ聞いてる間は『やべー女』だなって思ってたし、実際婚約どーこーの時もしのっちに結構色々聞いた」

　もうかなり遠い昔のことに思えるけど、実はあれからまだ一年もたってないんだよな……。

「はい」

「でもまぁ俺が見た限りはうわさほどやべーって感じはなかったし、なにより天道さんと付き合ってからしのっちが楽しそうだからいんじゃね？　とは思ってんね。ほら、幸せならオーケーですってやつ？」

「——そう、ですね」

　ちょっと僕の友人いいやつ過ぎない⁇

「かみやん……」

「言うじゃん」

「ハイハイ、現場からは以上です！　んじゃ俺、投げっから！」

　言ってて照れ臭かったのか僕らの視線から逃れるように大きな声で結んで、かみやんはアプローチに向かう。

　その背を見送りながら僕はどうして彼にオタクに優しいギャルの彼女が存在してないんだろうと思った。

水瀬と違ってピンもやたらに残ったし、世の中間違ってるな。

「かみやん、心の友よ……！」

「お、おう。その反応はちょっと予想外だわ」

なお戻ってきた彼をハグしようとしたら思いっきり引かれてしまった。

そうして投球順を迎えた妹に再び視線が集まる。

「あの、お二人ともお話ししてくださってありがとうございます」

ぺこりと二人に頭を下げる妹の表情は晴れ晴れとしたとはいかないまでも、多少の納得は得られたようではあった。

「いーっていーって、俺らは感想言っただけだし？」

「まぁ、そもそも志野が自分でどうにかしなよって話だと思うし」

「いや、それは本当ゴメン、でも僕からもありがとう」

二人に改めて感謝の言葉を述べて、妹に視線を向ける。

「美鶴」

「――うん、その、全部は納得できてないですけど、つかささんも私の目で確かめてほしいって言ってたし……というかそうすべきだったのに、急にこんな話になって本当にすみませんでした」

「いや本当気にしなくていいって、逆にそんだけ心配してもらえるしのっちが羨ましいみたいな？」

「まぁ、当日ってのはあれだけど、別に連絡してくれたら一緒に遊びに行くくらいはアタシも構わないし」

「はい、ありがとうございます」

「んじゃ妹さんどぞ！」

かみやんに促されてはい、と妹がボウルを手に取る。

気合十分の一投はしかし、ピンに向かうにつれて左によれて、そのままガターに落ちてしまった。ううん、そう上手くはいかないもんだな……。

§

「――そう、そんな感じだったんだ」

ことの顛末《てんまつ》を伝えると、天道は少し照れの混じったような笑みを浮かべる。

結局なんやかんやと彼女が戻ってきたのは三ゲーム目が終わってからで、あわただしく三階のスケートリンクへ移動することになった。

四階までの吹き抜けになった六十×三十メートルのリンクは、上階も使った観客席も設けられた、アイスホッケーやフィギュアスケートの大会にも使える規格らしい。

本来は大きな広々と感じられるつくりになっているのだけれど、ボウリング場同様に冬期休暇もあってかなりの賑わいになっている。

多分気を利かせてくれたんだろう、かみやんと水瀬が妹を連れていってくれたおかげで、僕らはリンクサイドで少し話をすることができた。

「伊織くんに、いい友達がいてくれて良かったわ」

「それはつかささんも、だと思うけど」

「なら私たちは友人に恵まれて運が良いってことね」

「ん、そうだね」

今もそうだけど、さっきの話にしたってかみやんは言うに及ばず、水瀬もイヤな顔の一つ二つくらいで済ませてくれるしな。

実際僕なら突然友人に「俺の妹と恋人が修羅場過ぎる」とか言われても全く対応できない気がする。まず彼女持ちの友人自体が少ない事情もあるけど。

「まぁ、まだ完全に納得してくれたわけじゃなさそうだけど、年末にでもまた美鶴とは話してみるよ」

「ありがとう、私も認めてもらえるように頑張るわ」

「うん」

天道の視線を追えば、妹と水瀬が中腰のかみやんの手を引いてゆっくりと壁から離れようとしていた。うーん、結構あぶなっかしいな。

「そろそろ私たちも行きましょうか、伊織くんが転びそうになったら支えてあげるから安心してね」

「僕はちゃんと滑れるから、大丈夫」

「あら、残念。偶然バランスを崩して押し倒したりしないの？　ほら、漫画みたいに」

「実際にリンクで転ぶと悲惨なだけじゃないかな……」

痛いし冷たいし氷で湿るし。

「でも、そういうのってお約束でしょ？」

「変な理解を深めるのはやめようよ」

確かにフィクションだとド定番な気はするけど、天道がこれを言うのか……。

彼女のおかげで今日なんて出かける前に妹に服装を褒められたりしたけど、僕の方もそういう影響を与えたりしてるんだろうか。

なんて思いつつリンクの入り口まで行くと、先を行く天道が自然な仕草で手を差し出してきた。

フィギュアスケートのペアで見る動きだけど、手を取ったところであいにく颯爽《さっそう》と滑り出せるほどにはスペースは空いていなかった。

しかし本当いともたやすくイケメンムーブをしてくるな……。

「みんな、お待たせ」

「かみやんは大丈夫そ？」

「やー、アウトよりのセーフって感じ？」

ダメみたいですね……。

「なんで発案者のアンタが一番滑れないわけ？」

「いやー、なんか前はもうちょい行けてた気がしたんだけど無理だった、みたいな？」

ごく当然の水瀬の指摘に、いやあ、とかみやんは頭をかく。

拍子にちょっと足が前後に滑って思わず僕ら四人が手を出しかけ、ちょっとコントみたいになった。

「その、神谷さんはもう少しリラックスした方が良いかもです」

「そうね、変に力むとかえって危ないかも」

「ウス……！　いや、でもこええ……！」

さっきちょっと格好いいこと言ったかみやんが、仔馬みたいに力んで足を震わせる姿に、ギャップ萌えを感じる人間はあいにくこの場にいなかった。

「──しのっち、俺のことは放っておいて四回転の練習してきてくれ」

己を心配する空気に、かみやんは少々照れくさそうにしながらそんなことをのたまう。

「ムリムリ。トウループで一回転なら、まぁ多分……」

「え、跳べんの？　マ《マジ》？　すごくね？」

「前のオリンピックの時かな、ＴＶでフィギュアスケートのジャンプを解説してて、ちょっと兄と試してみたら、その時はいけた」

正確には妹にせがまれて兄と二人で猛練習して挑戦することになったんだけど、兄は普通に安定してトウループとサルコウの二種類で二回転飛べるようになったんだよな……。

「──へえ、ちょっと見せてくんない？」

「いや、でももう結構前の話だしなあ……」

「ここで天道さんが一言」

「そうね、伊織くんの格好良いところ見たいわ」

「妹さんも一言」

「イオちゃん、頑張って」

「もうこれ断れない流れじゃん……」

かみやんもそんな念入りに逃げ道塞がなくっても。

スケートリンクはフェンスが近い一番外側に初心者、それより少し内側をもう少し慣れた人が回って、真ん中は比較的人口密度が薄くなっていることが多い。

一回くらいなら大丈夫かな……。

「じゃあ、行ってきます」

少しスペースが空いたタイミングを見計らい、周囲に声をかけてゆるく助走をつける。

進行方向に向かって半回転して背を向けながら右ひざを軽く曲げ、左足のつま先《トゥ》で氷を蹴った。

踏み切りの勢いで体は自然と回りはじめる、ゆるい一回転を終えたところで着氷、すぐにもう半回転して進行へ体を向ける。

周囲から感心を含んだ小さなどよめきと、あぶねーなと言いたそうな視線を頂戴しつつ皆のもとへ戻った。

「スゲー、しのっち！」

「やるじゃん」

「どもども」

友人たちの素直な賞賛と、僕以上に表情にドヤ感をにじませながらの恋人と妹の拍手に、ちょっと気取って胸に手を当てつつの礼で応える。

「——なぁんだ、聞いた声だと思ったら君たちも来てたのか」

そこへやけに親しげな様子でハスキーな声が割って入ってきた。

すっと僕の隣に現れたのは、からかいを含んだ笑みを浮かべた綺麗な女性だ。

多分歳は僕らと変わらないくらいか、肩にかかる長さのウルフカット（？）は薄紫色でその内側はド派手な赤に染まっている。

一度見たらまず忘れない容貌だけど、あいにく僕に覚えはなかった。

自然「誰？」「知り合い？」と僕らの中で視線が行きかい、しかし全員の首が横に振られる。

まさか男女混合グループにナンパとか、こんなところでこの人数にマルチの誘いもないだろうし、これは単純に人違いだろう。

でも相手がニコニコしてると指摘するのも勇気いるな……。

「あのー、誰かと間違えて……」

「あ」

意を決して声を上げたところで、隣の天道が息をのむ音が聞こえた。

「……つかささんの知り合い？」

「お、天道嬢は思い出してくれたかな？　しかし冷たいなあ、私と知り合ったのは君の方が前だろ、シオリくん」

からかうような声に『伊織ですけど⁉』と一瞬で頭に血が上って、前にも同じように腹を立てたことを思い出した。

そうだ、この声。この呼び方。

見た目が変わりすぎていてわからなかったけど、かつて僕をそう呼んでいた人が一人いたのだ。

「え、もしかして沢城《さわしろ》さん、ですか？」

「そう、君の先輩で——そこな天道つかさ嬢に恋人を寝取られた可哀想《かわいそう》な女だよ」

第六話　強キャラ沢城さん

沢城麻里奈《さわしろまりな》は二つ年上の高校の先輩で、当時は長い黒髪の姫カットで、当時も変わり者の美人として有名だった。

たまたま同じ委員会になって、僕のフルネームを知った彼女が志野伊織《しのいおり》を略して「シオリ」と呼びだしたのが付き合いの始まりだったと思う。

今より多感だった当時に、紛れもない女性名で呼ばれるのはだいぶアレだったけど「なら頭とお尻だけとってシリにするかい？　ヘイ、シリくん」と返されてはどうしようもなかった。

いま思い返してもかなり酷い。

小学生のころなら女子相手でも耐えられなかった気がする、すでに高校生だったからなんとか耐えられたけど、むしろ耐えずに無視すれば良かったかな……。

「――沢城さん、同じ大学だったんですね」

そんな諸々の思いを込めて問えば、フェンスに身を預けた彼女は、以前と唯一かわらない笑みを浮かべて頷いた。

「そうだよ。しかしあいかわらずデリカシーがないねぇ、シオリくんは」

「友人と妹と遊んでるところに割り込んできて、笑えない冗談で空気ぶち壊した挙句に『ちょっと借りていいかな』って連れ出すのはデリカシーあるんですかね」

リンクの上で続けるような話でもなく、かといって五対一は圧が強いということで、妹たち三人を残して僕らは再びリンクサイドに戻っていた。

「へえ、ひどいことする人間がいるもんだ」

「白々しい……！」

場の空気を完全に粉砕しておいて良く言えるな……。

「なに、卒業式で花束まで渡した先輩が同じ大学なのに二年近くも気づかず、目の前に来てもわからない薄情者にはそれくらい許されるんじゃないかと思ってね」

「え、そんなことしましたっけ……」

なにせ沢城さんとは四年前の高校一年のときの、ほんの数か月の付き合いしかないのだ。

卒業式には確かに出席したような気がするけど、細部の記憶は曖昧だ。

「したとも、まぁ花束は私が用意したものだけどさ。君は本当に渡しただけ」

「・・・やらせじゃないですか」

それじゃ覚えてないはずだ……！

「というかなんだってそんなことを？」

「なに、人を勝手に高校最後の思い出作りに使おうなんて馬鹿な連中の告白除《よ》けだよ。そう言ったら快《こころよ》く協力してくれただろう？」

「あー……？　あー、あぁ……？」

あったような、なかったような。

やっぱり記憶は曖昧だけども、いかにもこの人が言い出しそうなことではある。

実際に男子の人気も、自意識過剰とは言えないくらいにあったはずだし、卒業式告白チャレンジくらいは普通に起こりえた事態だろうし。

「……まったく、君は実に人に関心がないな。大学ですれ違っても知らん顔だったし」

「いや、それは単に気づかなかったんですって」

「それを関心がないと言うんだよ」

そうかな、そうかも……。

いやでも高校時代の黒髪姫カットの印象が強烈だったし、まさかそれを捨てるとは予想もしなかった。

大学デビューでイメチェンしたにしても限度があるのでは。

「そもそも気づいてたんなら、沢城さんから声かけてくれればいいじゃないですか」

「え、別にそこまで君と親しくする理由もないし」

「この人はさぁ！」

全く悪びれない様《さま》に、ちょっと奥歯に力がこもる。

そう言えばこういう人だったな……。

「その割にはずいぶん、伊織くんと親し気に話すんですね」

ヒェッ。

そして熱くなりかけた頭に冷水をぶっかけるような低い声に、恐る恐る隣の恋人に視線を移すと天道《てんどう》つかさは見たことのない笑顔だった。

ふふ、怖い。

「そりゃあ気安い仲だからね」

「存在しない事実が吹聴《ふいちょう》されている……」

しかしそんな笑顔を向けられた沢城さんはというと、怯《ひる》むどころかむしろ楽しそうに笑った。

ちょっと心が強すぎる。

もしかしてオリハルコンかなにかで出来てらっしゃる？

「今まで親しくする理由がなかったなら、今さら親しくする必要もないと思いますけど」

「なに、こうして偶然に再会したんだ、多少はね。それより、そんなにピリピリしてたんじゃせっかくの特別賞顔が台無しだよ？」

うーんこの。

バチバチにやりあう二人にどう口を挟んだものかと悩んでいると、やれやれ、と言った様子で沢城さんは肩をすくめた。

「わかった。それじゃあ、要件に入る――前に。リョータがね、昨日バイクで事故ったらしい。一応、君たちにも伝えておくよ」

「リョータ……？」

誰だっけ、という疑問の答えは天道からもたらされた。

「多分松岡《まつおか》さんのことよ」

「そう、松岡良太《りょうた》。私の元カレだよ」

「あぁ」

なんだ、イケメンは名前も今時なんだな。

こちとら数百年単位のシワシワネームなのに、いや別に嫌いじゃないけどさ。

例えばおじいさんになったときに威厳が出るのはこっちだろうし。

「――えっ、沢城さんの元カレ？」

「そうだよ」

じゃあいつぞやに小倉《おぐら》との話であがってた、松岡先輩《パイセン》が付き合ってたというサークルのマネージャーが沢城さんだったのか。いや待てよ。

「沢城さんって男女交際とかする人だったんですか!?」

「終身名誉こじらせ童貞みたいな君がそれを言うのかい？」

「ぐう」

ノンデリしたら激痛でした。

「それで、どうしてそんな話を今わざわざ？」

綺麗なカウンターを貰ってぐうの音《ね》しか出ない僕にかわり、天道が疑問をあげる。

「なに、少し前にアイツにちょっかいをかけられてたと聞いてね、どうせろくでもないことしたんだと思ったんだけど」

「代わりにお詫びにでも来られたんですか」

「いや、そんなつもりは毛頭ないけど？」

待った、なんかさらっと言ったけど事故は大事《おおごと》では？

「え、事故って、怪我は大丈夫だったんです？」

「うん、幸い単独事故で本人の怪我も大したことなし。後遺症が残るようなものでもないそうだ――死んでた方が良かったかな？」

「仮にも元カレになんてことを」

不謹慎すぎて、冗談にしてもさすがに笑えない。

いや、実際は大丈夫だったからこそなんだろうけど、それにしてもブラックすぎる。

「相変わらずいい子だねえ、シオリくんは。ま、私も義理でお見舞いくらいには行く気だよ。アイツ、年末で誰も来ないいんじゃきっと拗ねる。当たられる周囲が可哀想だ」

「すごい打算的なお見舞いですね……」

「黙ってればわかりゃしないし」

というか沢城さんの見立てだとほかに見舞いが来ないと思ってるのか。

僕は風邪でも来てもらえたのに、そうかそうか彼はそういう人なんだな、って考えるのは思い上がりだろうか。

まぁ風邪ひく一因でもあったわけだし、でもちょっと溜飲が下がるのはしょうがないな！

「それで、だから結局どうして伊織くんに声をかけてきたんです？」

気づけば脱線しかけていた話を天道が引き戻した。

「んー、シオリくんに、というよりは君たちになんだけどね」

「もし松岡さんの話なら、以前にも話した通り、私はあの人に恋人がいるなんて知らなかったんです」

「ふぅン？　あの時も聞いたけど、それはどうやって確認したのかな？　事前申し込みでアンケートでも取ってたのかい？　『恋人・性病の有無にチェックをつけてください』みたいにさ」

軽い調子のそれはちょっとした意趣返しなのか、本気の糾弾なのか判別がつかなかった。

「そこまでは、してませんけど……」

それだけに、天道の言葉も珍しく歯切れが悪くなる。

小倉の時は第三者の横やりだったけど、言葉を信じるなら沢城さんは当事者、しかも被害者と言える立場だし、口の挟みにくさはあの時以上だ。

「まぁ実際のところ、君が『そう思っていた』ことは疑ってないんだ。アイツはそういう嘘を平気でつくし、私も関係を積極的に周囲に知らせてはいなかった。同じサークルの香《か》菜《な》が気づいてなかったんだから、そりゃあ天道嬢が知らなくても無理はない」

ごく軽い調子で言ったあと、沢城さんはそれまで浮かべていた薄い笑みをひっこめた。

「──というよりね、そんなことはどうでもいいんだ。重要なことじゃない」

「なら、なにが問題なんです？」

「重要なのは私が浮気されて、それが理由でアホな彼氏と別れることになったたってことなんだ」

「浮気するアホな彼氏とは別れられた方が良かったのでは？」

「たしかにアイツは何度言ってもちゃんと爪を切らないし、そのくせ指を入れたがるし正直下手だし早いし散々だったけどね」

「その言いようが散々すぎる……」

　童貞の考えるお付き合いリスクの一つ、「知らないとこでの元カノによる暴露」に他人事とはいえ出くわす日が来ようとは……。

「さっきからうるさいよ、シオリくん。余計な茶々入れしないでくれないか」

「理不尽では？」

「――とはいえ、まぁそれらも過ぎたことではある。ただねぇ、ミスキャンのステージで天道嬢を見てね、改めてとても嫌な気分になった。だからまぁシオリくんは巻き添えだけど、君にもちょっと嫌な思いしてもらおうかなって」

　沢城さんの言い分は人間の心理としてはとても理解できるものだったけど、「正直」ってやっぱりそれ単独だと美徳とは言いがたいんだなと思わせた。

「それだけ、ですか？」

「そうだよ？　だからまぁもう私の要件は済んだとも言えるね」

苦々しい表情で聞いた天道に対して、沢城さんの表情はしてやったりとばかりににこやかだった。

「あとほら、私は一年のときにミスキャンで賞なしに終わったしね」

上機嫌に続ける。

「私怨じゃないですか……」

「なにを言ってるんだシオリ君。最初から、徹頭徹尾私怨だとも。違うように聞こえてたのかい？」

潔すぎる。

「それとも、君は天道嬢に対して『私怨でない、正当性のある仕返し』があるとでも認めるのかな？」

「いや、それは……」

そして容赦もなかった。

知らなかったこととはいえ、別れる原因の一つになっておいて「まったくない」というのもアレだし、「ある」と認めてしまえばこのままサンドバッグだ。

論理が単純で明快だけに、反論どころか落としどころを見つけるのも難しい。

最初は対決姿勢を見せていた天道もさすがに押され気味になるのも無理もないな……。

とはいえ、これで沢城さんの気が済むなら多少の嫌味に耐えるくらいは安い代償かもしれない。

そう思えていたのは、決意に満ちた表情をした妹が友人たちを残して僕らの方へ向かってきているのに気づくまでだった。

「――沢城さん、恨みますよ」

気づけば、そう口にしていた。

当の天道に嫌味を言うのは理解できる、それに僕を巻き込むのもまぁ、仕方ないかもしれない。

「ことの発端を考えれば――」

「沢城さん」

正直なところ状況が状況なら「そうですか」だけで恨み言は聞き流して、天道と付き合ってるのが罪だと言いたいならお好きにどうぞでお終いにしていた話だ。

だけど天道のうわさを知って、家族の交際相手としてそれでいいのか、と問いただしに来た妹の前でそんな態度をとるのはどう考えても話がこじれる。

それを私怨でやったと言い切られて、案の定こじれそうになってるとあっては、一言くらいは言いたくもなった。

「……妹くんの歳は？」

「高校一年生です」

「なるほど、多感な時期だねぇ、んー……」

腕組みした姿勢で体ごと首を傾げた沢城さんは、しばし唸ったあとで軽く頭を下げた。

「うん、これは二対八くらいで私の落ち度だね。シオリくん兄妹の仲をこじらせる気までは無かったから――ただ言い訳させてもらえれば、私にも予想外だよ。だってまさか友人はともかく、クリスマスに妹連れでデートしてるなんて思わないだろう？」

悪びれるでもなかったけども、それでも積極的に妹を意趣返しに使う気はなかったという言葉に少しだけ気が楽になった。

もしわざと家族を巻き込むような悪辣な相手だったら、今までの付き合い――言うほど付き合いもないけど――とか、今後のことが憂鬱《ゆううつ》で仕方ないしな。

「わかりました、なら僕も沢城さんが『そう思っていたこと』は否定しないでおきます」

「中々調子が出てきたねえ、シオリくんも」

「――あのっ」

小さな仕返しに笑みで答えて、沢城さんは妹の方へと顔を向けた。

「なにかな？　妹くん」

「やっぱり私もさっきのお話聞かせてもらっていいですか」

「——とは言ってもね、さっき言ったことで大体全部だよ。まぁ多少は誇張して言ったけどね。私と、当時の恋人と、彼女の間でちょっとした問題があった、それだけ」

「本当なんですか？　つかささん」

「そうね、伊織くんと正式に婚約する前のことではあるけど」

「一応、去年のことではあるのも事実だね」

「そう、ですか」

フォローのつもりか沢城さんが天道の言葉を保証するも、妹の表情は当然晴れない。

一年がたっても言いたくなるくらい、恨みを買ってることの証明でしかないしな。

事実その通りなわけで、普通に考えれば天道がやベー奴だし、僕もそこのところは擁護できない。

過去の話ではあるけれど、それだけにどうしようもなくもある。

思わず、再度沢城さんに恨めしい視線を向けてしまう。

「なんだい、韓流ドラマみたいに平手の一発で穏便に済ませてたほうが良かったかな」

「穏便って言葉の意味知ってます？」

「もちろん。今の状況とは縁遠いものだね」

本当悪びれないなこの人……！

あと天道の気の強さを考えるとその場合、ほぼ確実にやり返して泥沼の戦いになりそうな気がする。どっちがマシなのかな……。

「というか、当時にそれでケリつけなかったんですか。結構前のことですよね？」

「んー、あの頃の天道嬢は、文字通り話にならなそうだったからね。関わって時間を使うのも馬鹿らしかったというか」

「ええ……」

話が通じるようになったから文句を言いに来たってのも執念深いというかなんというか……。

もしくは、それだけ僕が詳しくは知らない時期の天道がひどかったのか。

「それで妹くん、なにかほかに質問はあるかな？　勝手に巻き込んだ手前、聞きたいことには答えるけども」

ひょうひょうとした態度に、妹は戸惑いながらも続けた。

「ええと……じゃあ、つかささんのことを恨んでるんですか？」

「恨む、とは少し違うかな。今日は楽しそうにしているのが気に入らなかっただけで」

それを恨むというのでは？

「まぁでも、私の感情を共有してもらおうとは思わないよ。人の印象なんてそれぞれ違って当たり前だしね。多くの人間にとってのロクデナシが、身内には親切で優しい存在だったりするのは珍しくない」

どこか皮肉気なその言葉は、果たして天道だけのことを指していたのだろうか。

「だから、天道嬢を悪く言われて気分を害したり、かばったりするのもおかしいことじゃないとは言わせてもらうよ――さて、ほかに何か言いたいことはあるかな、妹くん、天道嬢？」

「いえ、ありがとうございます」

「私は、別に」

大きく伸びをして、そしてどこかすっきりした表情を浮かべる沢城さんを、妹も天道も引き留めることはできなかった。

「では失礼」

スケート靴を履いたままでも颯爽とした足取りの彼女は、僕の横を通り過ぎようとして足を止める。

とん、と軽く胸が小突かれた。

「なんだい、浮かない顔だねえ、シオリくん」

「――そりゃあそうですよ」

誰のせいですか、とは言いづらいのがまたアレだった。

ますます渋い顔になる僕とは対照的にいよいよ楽しそうな声で沢城さんは笑った。

「まぁ、将来思わぬ形で嫁小姑問題が噴出するより、ここで片付けておいた方が良いと思うけどね。ほら不発弾だって見つけ次第、処理するものだろう？」

「それならそれで相応しいやり方も場所ってのもあるんですよね……」

それで言うなら僕個人としては、わざわざ家の前まで運ばれて処理された気分だ。

「まぁ何か困ったことがあったら気軽に相談してくれたまえ」

ひどいマッチポンプだった。

「じゃあこの空気なんとかしてもらえます？」

「その願いは私の力を超えているねえ」

「使えない……！」

「他力本願は感心しないよ。苦労したまえシオリくん。私のようにね」

「相談しろとは一体なんだったのか……」

「まぁそこは撤回しないよ。君には別れ話の経験もないだろうし、そういう意味でも先輩の私がいくらでも相談に乗るさ。ではごきげんよう――良いお年を」

「……ハイ、良いお年を」

そうしてひっかきまわすだけひっかきまわして、十二月二十五日に数年ぶりに再会した沢城麻里奈は嵐のように去っていった。

ぐうの音も出ない僕と、珍しく敗北感を覚えている様子の天道と、恨みがましいような、すがりつくような眼を僕にむける妹を残して。

エピローグ　天道つかさの逆襲（予定）

ぶろろろろ、と排気音をあげてバスがゆっくりと坂を上っていく。

師走《しわす》の日、全国で五番目の人口を誇る福岡市内とは思えない場所に、大きな荷物を抱えて僕と天道《てんどう》つかさは立っていた。

まず目に入るのは休耕中の田畑とその中にぽつんと点在する古い家屋、それから周囲を囲む脊振山系《せふりさんけい》の山々の緑。

遠く北を望めば、緩やかな下り勾配の先に灰色の市街が広がっている。

それが見えるだけに一層周囲のさびれっぷりが際立ってしまう——そんな控えめに言ってもド田舎としか表現できない地が、由緒正しい農民であるらしい志野《しの》家の故郷だ。

旧家が残る、市内でも歴史がある地区に家を構える天道家とは大違いである。

「空気がおいしい気がするわね」

天道の表現にはなんとなく配慮が感じられてしまうのは、ひがみっぽいんだろうか。

「無料サービスだから、どうぞ楽しんで」

「言い方。褒めたつもりなのよ？」

「ごめん、ついコンプレックスが刺激されて……」

田舎育ちあるあるなんだ、悔しいけど仕方ないんだ。

まぁ言うほど天神とかでも息苦しさを感じてたわけじゃないけど、匂いが違うのは確かだ。

離れていたからこそ意識される土と水と草の匂いは、それにまみれた幼少時代を思い起こさせて、帰って来たんだという気にさせる。

「つかささん、少し歩くからバッグ持つよ」

「うん、じゃあお言葉に甘えて」

サイズは小さめだけれど、やっぱりお高そうなスーツケースががらごろと田舎道で音を立てる。

「それで、どこが伊織《いおり》くんのお家？」

「えーとあの大きい木のそばに赤い屋根の倉庫が立ってるの、わかる？」

「壁がトタンの？」

「そう、あの先」

元々予定されていた年末の帰省は、予定外に天道の同行を伴うことになった。

理由はもちろん先日の沢城《さわしろ》さん事件が原因で生まれた、妹の僕たちへのわだかまりを解消するためである。

——できるのかな……。

頭抱えて現実逃避したい気持ちもあれど、放っておけばどんどんと溝が広がりかねないという天道の言葉に頷いて、実家に彼女を連れて帰る了承をとりつけたのは僕自身の判断だ。

「ごめんね、折角の帰省だったのに」

「いや、別につかささんのせいじゃ——」

ない、なんて気休めにもならない言葉は、軽すぎて口にするのがはばかられた。

問題はあるのだ。

ないんじゃないかな、多分大丈夫だろう、でもちょっとは覚悟していた——そんなつもりでいたばっかりに、今こうして僕は天道と二人で帰省することになったのだから。

まず不機嫌だろう妹と、反応が読めない母と、多少は味方してくれそうな兄と、元はと言えば大分この男たちが悪いのでは？　と思える父と祖父が待つであろう実家に。

「ちょっと父さんたち叩いても許されないかな……？」

「伊織くん？」

「ごめん、冗談」

「本気の声に聞こえたけど……」

多分倍じゃきかない反撃にあいそうだし。

そもそも、またちょっと他人のせいにしたくなったけれども、そういう考え方じゃだめなんだよな。

「まぁその、これは、僕らの問題だしさ。気にしないで」

「——そう。キミがそう言ってくれるの、嬉しいわ」

ぐい、と天道が腕を絡めて体を寄せる。

心なしか明るくなった気がするその声が、やっぱり彼女なりに不安を感じてたのであろうことを感じさせた。

「まぁご実家に挨拶するのは既定路線だったものね」

「そうだね。明ける前か、後かの違いと思えばいいか」

言われてみれば恋人を実家に連れて帰る、というある種の緊張をするイベント発生は免れなかったわけだし。

ちょっと事情が変わったくらい誤差だよ、誤差。

いや、そうでもないか……（情緒不安定）。

「――ところで伊織くん」

「ん、なに？」

「私、キミのご家族のことなんて呼べばいいのかしら、お義父《とう》さま、お義母《かあ》さまでいいの？」

「つかさpremiumさん意外と余裕じゃない⁇」

もしかして悩んでたのは結局僕だけだったとかいうオチなのか……。

「冗談よ、今度は私が伊織くんの不安を軽くしてあげようと思っただけ」

「別の心配が生まれるんだよなあ……っと」

足元が舗装されたアスファルトから敷き詰められた砂利へ変わるのに合わせて、スーツケースを持ち上げる。

今は水の涸れた田んぼの脇を通るそこへ一歩を踏み出せば、もう我が家だ。

「――ようこそ、つかささん。どうぞ我が家へ」

「お世話になります」

先に何が待ち受けるのかはわからないけれど、僕らは並んで足を進めた。

When I said "I want a beautiful and rich girlfriend,"

A girl

with her own reason

came to me.

3

短編集 夏から冬のこぼれ話

CONTENTS

夏の延長戦編　打ち上げ花火、家から見るか外から見るか

『そう言えば花火はどこで見る?』

恋人である天道《てんどう》つかさからそんなメッセージが届いたのは、八月も終わりに近づいた日の午前に課題と戦っている時のことだった。

花火、というのが今週末に近くで行われるイベントを指していることは間違いなくて、とくに約束をしていたわけではないけれど、行くか行かないかで言えば僕も行きたいので、彼女もこういう聞き方をしているのだろう。

ちょうど集中力も切れてきたところなのでボールペンを置いて、スマホを手元へ引き寄せる。

『なにかオススメってあるかな』

『そうね、会場近くのホテルか、適当なビルの屋上とか』

「むう」

とても同じ学生とは思えない案だった。特に後者には「自分ちの」が頭につくだろうこ

とを考えるとなおさらだ。

花火のためだけにホテルは贅沢な気がするし、ビルの屋上も天道家の人々で集まってってことになるとプレッシャーと場違い感がきつい気もする。

かといって僕ら二人のために貸してください、っていうのも厚かましそうだしなあ。

返信に悩んでいるとスマホがまたぽこんと音を立てた。

『ちなみに伊織《いおり》くんは去年どこで見たの？』

『近所』

と打ったあとでこれだけじゃあんまりだな、と急いで付け加える。

『近くの通りから結構綺麗に見えたから、人込みも無くて快適だったし』

『そう』

『なら伊織くんさえ良ければ今年もそこで見ない？』

『いいけど……そんな滅茶苦茶いい場所でもないよ』

花火の音で当日イベントに気づいて、ふらっと外に出たらたまたま良く見える場所を見つけただけだ。

それくらいの気楽さならともかく、わざわざ恋人と一緒にはどうかと思う選択肢なんだけども。

『いいのよ、君の寂しい思い出をこれから全部私で上書きしてあげるんだから』

だからって人の過去を勝手に寂しい記憶にはしないで欲しい。

それなりに楽しかったんだぞ。

『それ、言ってて恥ずかしくない？』

抗議を込めたメッセージに返ってきたのは、憤慨する謎の生物のスタンプだった。

§

待ち合せの地下鉄の駅は、時間帯もあってか人で溢れていた。

発車音のあとに電車から吐き出されてきた結構な人が改札にのぼってくる。その人ごみの中でも天道の姿はすぐに見つけることができた。

今日の浴衣は藍地に大輪の花が咲き、荷物は巾着《きんちゃく》だけと以前より身軽な感じだ。

髪はラフな感じのお団子にまとめられていて、かんざしなのかヘアピンなのかスズランの飾りが揺れている。

「つかささん、こっち」

呼びかけるとクールな表情を浮かべていた繊細な美貌がぱっと輝いた。

改札を出ると下駄を高く鳴らして小走りで駆けよってくる。

「もう、今日こそ伊織くんより先に見つけようと思ったのに」

「こっちは探さなくても改札見てればいいから――浴衣、今日のも可愛いね」

「ふふ、でしょう？」

聞かれる前に告げると得意げに笑った天道は「もっと褒める権利をあげる」とどんな特権階級かといいたくなる返しをよこしてきた。まぁ褒めるけどさ。

「すごく可愛い」

「語彙《ごい》力」

やや不満そうな顔をされたけども、まぁ僕に女子を喜ばせる語彙が貧困なのは揺るがない事実なので甘んじて受けるよりほかない。

それよりこの綺麗な女の子、僕の恋人なんだぜ。僕の、僕だけの（現在は）！

そうドヤりつつ周囲を見回したけどもそこまで視線を集めてはいなかった。

本当不思議だ。僕ならいつまでもガン見してられるんだけどな。

「まぁいいけど。いきましょ」

「うん」

もっとも天道がそんな時間を許してはくれない。

ちらほら見かけるほかの浴衣カップルたちと同じく僕らも並んで歩きだす。指と指は自然に恋人つなぎで絡みあった。

「この時間、ずいぶんと人が多いのね」

「あー、一応は会場最寄になるからかな、歩いていけない距離じゃないし」

なるほど、と呟いた天道の足元で下駄がカラコロと音を立てる。

普段の彼女はお嬢様に相応しくぴしっとした所作で足音もさほど目立たないけれど、浴衣姿では歩幅も勝手も違うのだろう。

こうやって隣の誰かの足元を気にする、なんてちょっと前の僕には考えられない事態だ。実に感慨深い。

「ところで伊織くん、ご飯はどうするの？　会場近くまで行ってみる？」

「や、コンビニでなんか買って現地で食べようと思ってるん、だけど――」

言ってる間にあれこれデートとしてはあんまりいい案じゃないのでは？　と思えてきて、ちらり天道の顔色をうかがう。

「そういうのもたまにはいいんじゃない？」

しかし浴衣ニコニコお嬢様は存外に乗り気のご様子だった。

「お行儀悪いって叱られるかと思った」

「この場合はＴＰＯに即してるでしょ、お祭りの時だって何も言わなかったと思うけど」

「それもそうか」

「あと伊織くんはゴミのポイ捨てなんかもしないだろうし」

「そりゃね」

こういうところはほんとお嬢様らしく（独自研究？）きっちりしてるよなあ。

価値観の差に引かなくて助かるけど、いよいよなんで九十八人と寝るような思い切りにいたったのか本当に解せないな……。

「またなにかほかのこと考えてるでしょ」

「いだいいだい」

などと悩んでいたらゆるく握った拳で眉間をぐりぐりされた。

天道の細い指で作られたげんこつは片手で包めるくらいに華奢なんだけども、それにしたって骨をあてられればそりゃ痛い。

「つかささんのことなんだけどなあ」

「知ってる、でもキミが一番に考えるべきなのは今の、目の前の私だってことは忘れないで」

「うーん、この」

というか結構頻繁に二次元の天道とかイマジナリー天道について咎めてくるのがヤキモチだと考えるとちょっと可愛げを感じてしまって、もう婚約初期から比べるとキャラ変わってない？　って疑惑も出てきてしまう——でもそれは僕も、か。

「きゃ」

階段をのぼっている最中から感じていた風が、地上に出た途端ひと際強く吹きつけてきた。小さく声をあげた天道の髪でスズランの飾りが揺れる。

八月とはいえ午後の七時近くになればさすがにあたりは薄暗く、一方で熱気はまだまだ残っていた。というかまぁ最近は深夜までずっと暑いんだけど。

くわえて花火イベントの人出で熱気はいや増している。

駅には帰宅時間らしき勤め人も多かったけれど、会場である海岸エリアへ向かう通りの流れは一気に年齢層が下がって雰囲気も華やかだ。

「駆け込みも多いのね」

確かに開始まではもう三十分くらいだから、今移動中の面々はぎりぎりもいいところだ。それでも特に焦っている様子は見受けられない。

「まぁ花火は途中からでも問題ないし」

「それもそうね」

そんな人波の間を縫うように横切っていく。

来年はこっちの流れに乗るのもいいかな、なんて考えながら。

§

「じゃあ僕食べ物買っておくから、なにか必要なのあったら持ってきて」

「ええ、わかった」

軽快な入店音で迎えてくれたコンビニ店内は絶妙な混み具合で、これで並んで買い回りはヒンシュクを買いそうだなと二手に分かれることにする。

「伊織くん、お酒も良い？」

そうして即座に戻ってきた天道の手には二十禁の飲み物があった。

「良いけど……」

僕はまだ飲めないけど、天道はもう二十歳だ。彼女だけなら止める理由もない。

しかしいつぞやの酷い飲み会以降は話にあがらなかったから、日常的には飲まないのか、てっきり懲りたのかと思っていた。

「大丈夫、ちょっとだけだから」

「言いながらそれストロングなやつじゃん」だまされんぞ。

てへみたいに誤魔化して次に持ってきたのはカロリーオフの缶チューハイだった。アルコール度数は三パーセント、これならヨシ！

「つかささんってお酒好きなんだっけ」

「んー、それなり？　場によって飲むけど、普段はあんまりね」

「ふうん」

なら今日はそういう場というわけだろうか。

まぁそもそも日本人は歌にあるくらい、何かにつけて飲む文化な気もするな。

「それに、ちょっと酔った女の子って可愛くない？」

「あいにく泥酔してるつかささんしか見たことないんだけど」

「別に今回はそれを理由に迫る気はないから大丈夫」

やっぱりあれは罠だったんじゃないか（憤怒）。

まぁもう今となっては怖い話も笑い話だけども。

「それに今日ははじめから伊織くんの部屋に泊まる気だし」

「ええ……」聞いてないんだけど？

「なんでイヤそうな声出すの」

「別に、イヤなわけじゃないけど」

クセになってんだ、そういうリアクションするの。

「それともなに、私を泊められない理由でもある？」

「や、あるわけないじゃん、そんなの」

すべからく明らかにすべしと言われても困らないくらい潔白なんだよなあ。

まぁそれは天道もわかっているから声音《こわね》も冗談っぽかったし、僕の即答に機嫌良さそうに「ならいいわ」とあっさり物色に戻っていった。

そうして後はレジで焼き鳥でも、と会計の列に並んだところで、どちゃどちゃとカゴに商品が追加される。

「それと伊織くん、これはどっちが良い？」

女子は色々大変だなあと投入された生活用品とコスメを見ていると、まだ何か買う気らしい天道が何事か問うてきた。

「んー？」

キノコタケノコ戦争かな？　と気楽に顔をあげると彼女が手に掲げていたのはコンドームだった。

それぞれ金と銀で刻印された０．０１と０．０３の数字が輝く。

0.01
0.03

「――つかささん、はしたない」

「必要でしょ？」

確かになくなりそうだったけどそういう話じゃないんだよなあ。

あとちょっとコンドーム似合い過ぎじゃないかな。

「好きなほう選びなよ、僕はどっちでもいいし」

「えっち」

「それは違くない⁉」

天道が選んだのは０．０１の方だった。ちょっと興奮する。

あとレジの店員さんにものっそい嫌そうな顔をされてしまった。

本当に申し訳ない。

§

「わ」

天道が感心したような声をあげる。

（多分）南北にまっすぐのびる片側一車線のその道は、ゆるく長い下りの先で同じように細い東西の道に行き当たる。

道の両側に並ぶのは二階建ての住宅が主で、たまにあるマンションやアパートもせいぜいが三、四階建てだ。

住宅街の遠く、花火が上がる予定の空を遮《さえぎ》るものはなく視界は開けている。

「意外な穴場って感じね」

「お嬢様のお眼鏡にかなったようでなによりでございます」

「言い方」

おそらく自宅の庭やベランダから見物するつもりの人がいるのだろう。

そこかしこに人の声と気配がする夜の住宅街は、不思議な賑わいと浮かれた空気がただよう日常の中の非日常空間だった。

「――でも伊織くん、席がこれじゃキミも好きな私のお尻が大変なんだけど」

「その注釈必要あった？」

いや確かにきゅっとあがった素敵なお尻だけどさ。

車止めの柵に腰かけた天道の言葉はもっともだけど、まぁ僕だっていつまでも気の利かない元童貞という評価に甘んじているつもりはない。

「じゃあこれ使って」

「あら、珍しく荷物が多いと思ったら」

なんて意地悪に笑う天道に百均で買っておいた携帯用のクッションを手渡す。

少々収まりは悪そうだけど、あると無しじゃ大違いだろう。

「ありがと」

「大事なお尻だからね」

「ええ、あとで好きなだけ楽しんでね」

うーん、勝てない。

しょうがないので腹いせと腹ごなしにおにぎり（明太子）をガサゴソ袋から取り出した。

「ね、伊織くん」

「ふぁに《な》？」

「食べながら喋らないで、なに、そんなにお腹すいてたの？」

結局叱られてしまった直後に空が光って、ドンと低音が鼓膜を揺らした。

わあ、とそこかしこから歓声があがる。

僕ら二人も自然と視線を空へと向けた。

夏の夜空に咲いた華は、鮮やかな光と開花の音を振りまいてそのついでに夜の街に複雑な影を浮かび上がらせた。

音を聞きつけて通りに出てきた近所の人のうち、ちっちゃな子供たちは僕らに気づくとすぐに視線を外し、直後に綺麗な二度見を天道へ向ける。

子供は正直だ、そりゃ突然こんな浴衣美人に出くわしたらそうなるよな。

だからそのあと僕を見て不思議そうに首を傾げるのはやめて欲しい、おにぎりか、おにぎり食ってるからかな（自己欺瞞《ぎまん》）？

ばららと大雨が屋根を叩くような音を立て、にわかに光の雨が降った。

ぱっと光って花が咲く、わっと子供が耳を押さえる、遠ざかっていく車の音、夜空に薄く煙が漂って無数の花火がまたそれを彩る、犬が吠える、子供が泣き出す。

終わりを迎えつつある夏の夜を、光と音と混沌が賑やかに満たしていく。

そんな中で天道つかさは、ただただ静かに美しく僕の横でたたずんでいた。

「――ずるいわ伊織くん」

ぽう、と珍しく気の抜けた表情で空を眺めていた彼女は、視線をそこに向けたまま僕の肩に身を預けてそんなことをつぶやいた。

「こんないい席独り占めしてたなんて、なんで去年呼んでくれなかったの？」

「いや、そのころはばっちり他人だったじゃん」

「そうね、そうだった――」

柵に置いていた手に、天道の手が重なる。細く長い指がきゅっと絡んでくる。

「――――」

「え、なに？」

次の言葉は花火の打ち上げと重なって、かき消された。

苦笑いを浮かべた天道は僕の耳に顔を寄せる。

「去年より、素敵な思い出でしょ？」

「まぁね」

なんとなくそれは本当に天道が言いたかったことではないのだろうな、と思う。

顔が良くて気が強くて自信家でお尻が素敵な彼女も、それでも完全無欠に無敵な存在じゃあ、ない。

空の光を映して輝いて見える白い顔には、なんとなく後悔とか寂しさとかそういうネガティブな感情が透けて見えるようで、それでも変わらず美しかった。

そうして生憎《あいにく》と僕には女の子の気持ちを察してうまいこと言える才能も経験もない。相手が天道ほど複雑な過去と怪奇な個性の美人ともなればなおさらだ。

「――つかささんがいてくれて良かった」

「そう」

「まぁ別に去年は去年で楽しんだけどね」

「それは言わなくてもいいの」

「や、あれだけで寂しい男扱いされたのは不当だって」

「なら世に問うてみたら？」

「言い方ェ……」

言われないことを察することはできない、だったら言いたいことを言うだけだ。

そうして言って欲しいことをなんとなくで、探り合う。

多分、まぁ恋人であろうと他人と付き合うってのはそういうものなんだろう。

「――綺麗ね、伊織くん」

今度は「うん」という僕の返事が花火にかき消された。

天道は力を抜いて僕にもたれかかっている。浴衣越しの体は柔らかく温かくってじわり汗をかくほどに絶大な存在感があった。

「でも――」

「うん？」

花火には触れられない。

その美しさは一瞬で消えるものだ。

だけど、この人は手の届くところにある、触れ合えるところにいてくれる。

ひと夏の思い出よりももっとずっと、長くそばで見ていられるのだから。

「つかささんの方が綺麗だよ」

「――――」

正直に伝えたら怒られそうな式で導き出された答えでも、それが相手にとっても快いものなら、きっとそれでいいだろう。

そんなことを思えて、言える自身の変遷を確かに感じる。それでも、変わってしまった元の自分などよりもこの人の方がよっぽど大切なのだ。

まあちょっとクサすぎた、とは思うけど。

滑ったかな、といい加減不安になりそうな長さの沈黙のあとで、僕のシャツの肩を軽く引っ張った天道は顎を少しあげると瞳を閉じた。

「――なら、行動でも示して？」

ちら、と周囲を見渡すと幸いみんな空を見上げている。

これが小心なのか、出来て当然の気配りなのか、それも変わっていくのだろうか、ぐだぐだと悩みながら唇が触れ合うだけの健全なキスをした。

「んっ……」

ベロつっこんでくるのではと少し恐ろしかったものの、天道は離れ際名残惜《なごりお》しそうに僕の下唇に緩く吸いつくだけで勘弁してくれた。

「――ええと、伝わった？」

「ええ、伊織くんが身構えてたのもね」

「そこは伝わらないで欲しかったな……」

うーん、本当に格好つかないな、僕は。

なんて思っていると腕を取られて、天道の肩にセットされた。

気持ち抱き寄せるように力を入れると、熱くて柔らかい体はぴたりと密着してきてついでに腿《もも》に手が置かれる。

さわさわするのはやめていただきたい。

「ね、伊織くん、来年も一緒に見ましょうね」

「いいよ」

「それから、また海にも行きましょ」

「わかった」

「ナイトプールは？」

「善処しようかな」

「それはイヤそうにするの？」

「致死率がちょっとね……」

「もう」

未来を語る天道は無邪気で、楽しそうで、綺麗という形容が普段は似合うのだけれど、正直可愛らしかった。

「あとは、そうね――」

あんまり似合わない真似をした甲斐もあったな、と和んでいるとくすくす笑っていた彼女が表情を艶のあるものに切り替える。

周囲をはばかるように僕の耳元に顔を寄せ、ぞくぞくするような声で囁いた。

「――今日、これから部屋に帰ったら、たくさんえっちしてね」

「雰囲気ぶちこわしじゃん」

なんてこと言うんだと思いながらも、頷かない選択肢は僕にはなかった。

夏の延長戦編　浴衣姿の彼女はエッッッッ

「んむ――!?」

部屋に入るなり玄関で襲われた。

そう表現するしかないような勢いで天道《てんどう》は僕に抱きつくと、身を擦りつけながらキスをしてきた。もちろん遠慮なく舌も潜りこんでくる。

「んっ……っ……ふ、っあ、んぅ……」

暴力的なまでの甘い匂いと柔らかさに、あっという間に興奮は極に達した。

カラ、コロと下駄が鳴る音さえも、今は淫靡《いんび》な空気の演出に思える。

「っ、ちょ、つかささ、荷物……んぐっ」

天道が身をくねらせ、僕が押されるたびに手に持ったままのコンビニ袋と巾着が扉やら壁やらにぶつかって抗議の声をあげる。

彼女がようやく顔を離してくれたのはたっぷり一分はたってからのことだった。

とろんと蕩《とろ》けた表情と体中から発せられる熱気は、その身を焦がす内なる欲情の匂いが感じられそうなほどだった。

「ねえ、ここでして……？」

「や、汗もかいてるし、エアコンも」

「我慢できないの、お願い」

「う……」

ほふ、と熱い息とともに吐きだされた言葉は切実で、赤く染まった目元はこれが駆け引きなんかじゃない、単なる本心なんだと思わせた。

「……わかったから、ちょっと荷物だけは置こう？」

「うん」

コンドームの箱だけを下駄箱の上に避難させ、飲まずじまいだった缶チューハイなんかが入った袋と高そうな天道の巾着をキッチンに置く。

すぐに彼女は背に腕を回して全身でしがみついてきた。

「ね、伊織《いおり》くん、キス」

「ん」

天道に顎をあげてもらって、上からかぶせるように唇を重ねた。

ぴちゃぴちゃと音を立てて、最初はゆっくりと、すぐに大胆に動きだした天道の舌になんとかあわせる。

ん、と鼻から声が漏れ、スンと高い吸気の音がやけに大きく聞こえた。

彼女の手は僕の体を撫でまわすように動き回り、最終的にシャツの下から潜り込んで背を直接撫でてくる。

「ん――」

ちょっと迷ったあと、お返しとばかりに浴衣の上からお尻に手を伸ばす。

わずかに身を震わせた天道は、手に押しつけるようにそれを突き出してきた。

「んっ……」

滑らかな浴衣の上からその柔らかさを確かめるように指を押しつけて稜線をなぞる。どこまでも沈み込むようでいてしっかりと指を跳ね返す弾力があった。

すぐにその感触に夢中になった僕は天道が口中で舌を暴れさせただけ、お返しとばかりに指先で掌《てのひら》全体でその魅惑の果実を弄ぶ。

「ん、はぁ……っ、はっ、はぁ……ふ、ぅっ……ふぅっ……！」

キスを終えた天道は満足するどころか、一層飢えたように荒い息を吐くと、かちかちと全くためらうこともなく僕のベルトに手をかける。

「――つかささん、どうしたの、今日」

「ん……」

まったく遠慮なくズボンを緩め、ペニスを引っ張り出した段になってようやく我が身を振り返ったか、少しだけたじろぐように視線を泳がせる。

でも手はばっちり置かれてたコンドームに伸びて封を切ってるんだよなあ。

「だって今日、伊織くんがすごくそんな気分にさせたから……」

「普通の花火デートだったと思うんだけど」

「そうだけど……！」

誤魔化すようにキレられたけど、ピっと封を切ってゴム渡しながらの言行バラバラは止めてもらえないだろうか。

ぼやぼやしてたら生でもいいからとか急かされそうだからつけるけど。

「この人のこと好きだなって、えっちしたくなるの、変じゃないでしょ……？」

「――それは、うん。嬉しい、けど」

でも裾も襦袢《じゅばん》も大胆に割って、パンツまでずらしながら言うのはどうなのか。

至れり尽くせりと言えばそうなんだけども。

「んっ……ぁっ……」

普段ならもうちょっとくらいは童貞心を捨てられない僕に気遣いを見せてくれる天道は、

今夜ばかりはお構いなしにくちくちと音を立てて入り口をこねくり回す。

口では何と言おうとも、僕の視線は素直にそこに引き付けられた。

華奢な指が、あらわになった白い下半身のその中心を自ら慰める。ずらされた下着からのぞいた、明るく染めた髪とは違う艶やかな黒の茂みはぴたりと肌に張りついていた。

「伊織くん、もう来て……？」

顎に添えられた左手がこっちを見ろとばかりに僕の顔をもちあげる。

顔を赤くし、切なそうに眉根を寄せた天道はとんでもなく淫らで、この上なく愛おしかった。

「おねがい」

明け透けな欲望、愛とか恋とかそういうの抜きの、ただただ純粋なまでの相手を求める原始的な欲求。

かつてならしり込みしていただろうそのクソデカ感情を、だけど今の僕は嬉しく思えた。

それを教えてくれた天道に、応えたいと素直に思った。

「――――うん」

靴さえ脱がず服の下だけを半脱ぎに、露出させた性器を合わせる。

立ったまま、向かい合ってするのは初めてだった。

天道は女の子としては背は高い方だし、脚も長いけどさすがに十センチを超える身長差では僕の方が腰の位置は高い。

挿入のためには少し腰を落とさないといけないけれど、いざそうしてみると長く続けると腰を痛めそうだな、と思えた。

「ん……ここ、ね」

「っ――！」

僕が手こずっていると思ったか、単に待ちきれないのか天道がペニスに手を添えて膣口に導く。いつの間にかその刺激だけで腰が震えるくらい興奮していた。

これすぐ出るかもな、そう思いながら腰を進める。

「っ？　や、ぁ、あぁ――っ……！」

「……！　あれ……？」

覚悟しながらの挿入後に待っていたのは、しかし予想外の展開だった。

「ふっ、ふっ……ん〜〜……！」

姿勢のせいか、ちょっと覚えがないくらいに天道の中が濡れていたからか、挿入自体は異様にスムーズだったし、その摩擦のなさで暴発も免れた。

「つかささん、大丈夫？」

「ん……まって、うごか、ないで……んんぅ……！」

普段と違ったのは、荒い息を吐きながらしきりに身を震わせる天道だ。

僕の肩に両手を置き、ドアに後頭部をあずけて、背を大きく反らせている。

ピンとつま先を立てて腰を持ち上げる姿は、懸命に僕から距離を取ろうとしているようにも思えた。

「待って……いおりく、まって、ねぇ……っ！」

「いや、動いてないよ」

いやいやと彼女は首を横に振るけども、実際僕は腰を上げきらない微妙な姿勢で堪えている。動いてるように感じるのは体勢の不安定さと、そのせいで身じろぎした際に起きる振動のせいだろう。

「一回、抜こうか？」

「いや……」

親切心からの提案は、一蹴された。

見たことないくらいに余裕のない天道は肩を掴む手に痛いくらい力をこめ、ぐいっと左の脚を持ち上げて体に絡めてくる。

「んっ……脚、持って？　そう、っ、そのまま、支えて奥に、来て……」

「――ぅぁ」

片脚をあげて出来たスペースを求められるままに埋める、密着度を増しただけ彼女の深いところが発する熱と、濡れた様子がよくわかった。

「んっ……ふ、は、ぁ……っ、はぁ……」

気づけば天道の形の良い耳が真っ赤に染まっている。

それにちょっとした興奮と、結構な心配を抱く僕に彼女は泣き笑いのような表情を浮かべて見せた。

「伊織くん、今日その、すごく乱れちゃうと思うんだけど……」

「うん」

「キミが満足するまで、私のこと好きにして、ね」

「――うん」

§

「あ、あ、あ、んっ、んぅっ」

腹の内側から身を揺らす振動に、自然と声が漏れる。

ゆっくりとしたその動きに恋人の気遣いと少しのもどかしさを感じながらつかさは目を閉じた。

「——っ、あっ……！」

帰路の途中からじくじくと身を蝕《むしば》んでいた欲望の熱は、今はもう体の内で真っ赤に燃え盛り、男の硬い体に触れるだけでしびれるような快感を伝えてくる。

「んっ、んっ」

伊織の動きに押されてドアに押しつけられた背がどん、どんと音を立てた。

「——つかささん、向き変えるね」

「ん……うん……」

肩に置いた手を首に回すと伊織が、尻と左の腿に置いた手に力をこめる。

細身の彼だが引き締まった体は見た目よりもずっと力強く、小柄とは言えないつかさの体も危なげなく宙に浮いた。

九十度時計回りに動いて、壁を背にしたつかさが腕に込めていた力を抜くと、大きくて骨ばった左手が後頭部に添えられる。

「動くね」

頷く動きで了解を伝えてつかさは伊織の肩に頭を預け、胸に顔をうずめた。

「ふー……っ、……ぅっ、んぅぅっ……！」

とんとんと小刻みに胎《はら》の奥がノックされる。

脚から力が抜けるような快感に歯を食いしばって耐えた。荒い呼吸をくりかえすその度に、じわりと汗をかいた恋人の匂いが胸の内を満たしていく。

「～……っ！　っ！」

浅い絶頂が腰を震わせ、つま先立ちの指が下駄の鼻緒をぎゅっと掴む。

「あ……～っ……！」

奥深いところでとどまった伊織に、再開を訴えようと顔をあげたところで、ゆっくりと腰がひかれる。

胎の中身が一緒に引きずり出されるような気分を覚えるのは、寂しさを訴えるように締めつけるそこのせいだろうか。

「ん、ん、んん～……！」

ゆっくりと緩急をつけた動きがもたらす快楽は身を焼くほどに強いものではないが、熱を冷めさせてしまうこともない。

恋人の体にすがりついて、じわじわと内から身をあぶる快楽に揺らされるままつかさは浅い絶頂を繰り返す。

「はっ、はっ……」

少しずつ荒くなっていく伊織の呼吸。

髪に差し込まれた指に、腿を持ち上げた手に力がこもる。

恋人に求められている実感が胸を満たし、つかさは迎えるように腰をつかってそれに応えた。

「ッ！」

鋭く息を飲んだ伊織が腰の動きを速める。

最奥まで押しつけたあと、快楽をえぐりださんと捻る動きがくわえられた。

「あっ、あっ、あっ！　んっ、んんっ！　……いっ、いいよ、いおりく、っん」

がくがくと膝を震わせながら、しかしつかさはそれを受け入れる。

「んっ、もっと、もっと好きにして、いっぱい、おかして……？」

はぁはぁと彼の胸に熱い息を吐き、鎖骨に頬ずりするように身を擦りつけてそう囁く。

「──つかささんっ！」

「きゃっ、あぁっ！」

効果はてきめんだった。

頭を守るようにあてられていた左手が尻に回り、つかさの身を持ち上げる。

それは伊織が最後の最後まで残していた理性を手放した証だった。

「あっ！　あっ、あっ！」

つかさの唇からこらえ切れない声が漏れる。

背を丸め男の首にすがりつきながら、身を翻弄する快楽の大波に必死に耐えようとした。

「ひっ、ゃっ!?　あぁ――!?」

次の瞬間、尻をもんでいた伊織の指が会陰《えいん》へと滑り食い込む、内と外とを刺激されてつかさはあっさりと絶頂した。

「ひっ、あっ、ぁっ！　いおりく、いおりくん、――っ！」

見るにも明らかな硬直と痙攣を無視して、伊織はなおつかさを貪り続ける。

止めようとしたのか、続けてと言おうとしたのか、自分でもわからないままつかさは恋人の肌に歯を立てて続く言葉をかみ殺した。

「――！　――っ！」

がくんと震える膝から力が抜ける。

けれど伊織の両手と膣内を貫くペニスが、倒れ込むことをゆるさない。

まるで人形のように揺らされるままにつかさの体が跳ねる。

「んっ、んっ、んぅ――！」

甘噛みに肌を噛む口からよだれを零し、奥まで熱い瞳から涙を零してつかさはそれに耐える、いやむしろ喜んでそれを受け入れていた。

すこし臆病でおおむね優しい恋人は、女の子を壊れ物だと考えている節があるようで、セックスも普段は控えめだ。

「はっ、あっ、あふっ」

求めるところを応えようとしてくれる性質と、向上心と呼ぶべきものからそれでも十二分に気持ち良くしてくれるし、なによりも刹那的な快楽だけを重ねてきたつかさにとって彼とのセックスは新鮮で、好ましいものだった。

けれどだからこそ、つかさはこうも思っていた。

自分を気持ち良くしてくれるでもなく、自分が気持ちよくしてあげるでもなく、彼には自分『で』気持ちよくなれるセックスもして欲しい、と。

「あっ、あっ、あっ、イく、イっちゃうっ」

オスがメスを使う、自分本位の性行為。

今まさにその為だけに使われているという実感が、誰よりも自分を丁重に扱う恋人が理性を失うほど自身の体に溺れているという優越感にも似た思いが、甘いしびれになってつかさの腰を震わせる。

どんとときおり背が壁にぶつかる痛みさえ、心地よい。

もっともそれは『たまには』であり、そういうこと『も』して欲しいというだけだ。

「あんっ、あっ、きゃんっ！」

「っ、ふー、ふーっ……！」

普段大事にされているから、使われることを受け入れられる。

それがたとえ刹那的な欲望でも、いいや、だからこそそんな彼の気持ちにさえも応えたいと思わせるのだ。

その理由が、音となって喉から滑り出る。

「ね、いおりくん、好き、すきぃっ、好きなの、すきっ！」

他の誰にもしたことのない稚拙な愛の告白。

セックスの快楽に溺れながら、何に気兼ねすることなくそう言えることの幸せ。

私の体も、心さえも、すべて貴方のものだと伝わるように願いながら、つかさは伊織の首に回した腕に力を籠める。

「――――っ！」

「んっ、あっ、あぁ――！」

それに応えるように伊織は恥骨をぶつけるほど体を密着させて射精し、つかさもまたもう何度目かわからない絶頂を迎え、二人はようやく動きを止めた。

「――つかささん、大丈夫？」

ようやっと息が整った伊織が最初に口にしたのはそんな気遣いの言葉だった。

「ん、平気――とっても、素敵だったわ」

「あー……その調子なら心配いらないか」

――もう。

先ほどまでの情熱的な交わりはどこへやら、恋人はもう普段のように素っ気なさを見せる――もっとも多分に照れ隠しがあるのだろうけど。

そもそもまだ脚に力が入らないつかさを、壁に背を預けさせながら支えてくれているあたり優しいのだ、伊織は。

「一人で立てそう？」

「もちろん無理」

「もちろんなんだ……布団に運ぼうか？」

「ううん――もう少し、余韻に浸らせて」

「ん、わかった、ッ――！」

言いながらふっと胸元に息を吹きかけると、伊織は大きく身を震わせた。

まだ硬さを失っていないままのペニスがむくりと膨らんだ気配を中に感じる。

「つかささんさぁ……」

更にその動きにあわせて腰を使うと、いよいよ彼は拗《す》ねたような声をあげた。

「ね、伊織くん、どうだった？　私のこと、好きにしてみて」

「素敵だった、って言えばいい？」

「ほんとのことが、聞きたいの」

首筋に顔を擦りつけて見上げれば、への字口をしていた伊織はふんと鼻を鳴らして、それでもまっすぐつかさを見た。

「気持ちよかった、ただちょっと罪悪感もあったけど……」

「けど？」

「つかささんも、気持ちよさそうだったから、その、これで良いのかなって」

「――うん」

――ああ。

「私も、伊織くんが気持ちよくなってくれて、嬉しかったから」

「そう、なら――」

良かった、と彼が口にした言葉とつかさの内心が重なり合う。

――この人のはじめてが私で良かった。

――はじめて愛した人がこの人で良かった、この人を好きでいられて、好きになってくれて良かった。

想いが体を突き動かす。

「ん、ん、ん――」

「つかささん？」

身を擦りつけて、何度も首筋にキスを繰り返す。

困惑した伊織の声は聞こえなかった振りをして。

「――ね、このままもう一回しましょ？」

「いやいやいやいや、ゴムはちゃんと変えよう？　ッ、待った待った、腰振らないでって！」

「やぁだ。ね、早く」

「ちょま、うわっ、背筋が強い……！　つかささん――!?」

「ふふふ――」

動揺する彼の声に、笑みをこぼしてつかさは成就した初恋の喜びを噛みしめる。

来年の夏も、これからの季節もずっとこの人の傍にいたいと思いながら。

秋の恋人編　本当にあったわりと怖い話・秋

「ねえ伊織《いおり》くん、これは友達から聞いた話なんだけど――」

「うん」

前にも聞いたなこれ、とか、あれから色々あったなあ、なんて数か月前を思いだしながら白々しい恋人の前振りに頷く。

天道《てんどう》つかさは僕志野《しの》伊織の恋人で、前は婚約者だったという他人が聞いたらハテナ顔確定の複雑な関係で、顔面偏差値激高《げきだか》で、スタイルも良くて実家も太くて、おまけに性経験豊富という対童貞最終兵器みたいな存在だった。

「その子は付き合って数か月になる将来も誓い合った恋人がいるんだけど――」

「はいやめやめ。つかささん、この話は終わりにしよう」

「ちょっと、どうして？」

「や、だってこれ絶対怖い話になる流れじゃん……」

僕は詳しいんだ。

「どうせまた先日の女子飲みのあとで送ってってたときに、天道家でなにかがあったんじゃないの？」

「いやね、あの時は私そんなに酔ってなかったでしょ」

「まぁちょっとテンション高いかな、くらいだったけどさ……」

目的地に着くまではタクシー内でひやひやする場面もあったんだよなあ。

運転手さんはさすがのプロ根性で見てみない振りしてたけどさ。

「大体そんなに心配なら伊織くんが飲み会から付き合ってくれればいいじゃない」

「いや、僕まだアルコール飲めないし、それで酔ってるつかささんと友達の中に放り込まれるのはちょっと……」

天道の友人全員を知ってるわけじゃないけど、類は友を呼ぶの言葉を考えればどうせメスライオンの群れみたいな肉食女子の集まりだろう。

——僕が飲めるようになったらより危険な気もしないでもないな？

「それにつかささんも飲み会に行ってくるって報告だけで、誘いはなかったし」

「そこはあれ、女子会プランだったのよね」

つまり僕はついていかなかったのではなく、いけなかったんだな！

どこにも怖気《おじけ》づいて逃げたって証拠はないな。ヨシ！

「まぁそれでね、伊織くん。おばあさまがそろそろキミを一度くらいお招きしないのかって言ってるんだけど」

「ヤダー！　なんで話を戻すんだよ！　友達の話って建前も捨ててるし！」

「伊織くんこそ、なんでそんなに嫌がるのよ、あの時とは状況が違うでしょ。それともなに、私とは遊びのつもりなの？」

「いやそれはないけど、そんなつもりは全然ないけど」

慌てて首を振ったら「そう」なんて楽しげに言われて顔の良い恋人に一杯食わされたことに気づく。

憂《うれ》い顔が迫真過ぎるのズルい、ズルくない？

「ならどうしてウチに来るのを嫌がるの？」

「いや、だってさ……」

ちょっとよく考えて欲しい。

「僕さ、おばあさんと話した日のあと、つかささんに連絡とれなかったじゃん」

「ええ、してくれなかったわね」

当時スマホ壊してたのお忘れでいらっしゃる⁇

とは思うけど、口に出したら家電《いえでん》を持ち出されるだけなので黙っておく。

「それでその、つかささんが復縁のために僕の部屋に来たことも、天道家の方々はご存じなわけだよね」

「ええ、そうね。伊織くんから告白してもらった会心の勝利だったわね」

僕からとは言うけど九割九分までお膳立てされた感じあるけどな……。

「で、その後数日間つかささんを家に帰さずに泊ってもらったじゃない」

「ええ、楽しかったわ。その内また遊びに行くから」

「あ、はい。でさ、つまりさ。つかささんのご家族に、僕はヘタレの上にエロガキって思われてないかなって……」

「それはー……」

形の良い眉を寄せて、やたら色っぽい仕草で唇に指を当てた天道が「んー」とうなる。

否定する言葉はいつまで待っても来なかった。

やっぱり、悪い想定通りじゃないか……！

「そんな状態でどの面さげて行けと？」

「今の悲痛な顔をさげていけば多少は優しくしてもらえるんじゃないかしら」

「やめてくれよ……」

水に落ちた犬を叩きそうな気配を、少なくとも長女さんからは感じたぞ。

お父さんには敵視されてるって言われたし、隙を見せたらなにを言われるかわかったものじゃない。

「でもいつかは家族に会ってもらわないと困るんだけど、どうする気なの？」

「ぐう」

まぁいきなり結婚の許可を求めるとかは置いておくとしても、まったく知らない相手でもなくて、交際してるのは事実なのに挨拶さえ避けるっていうのはたしかに良くはないんだよな……。

「なら、まず最初はお母さんから、みたいにそれぞれ一人しかいない日を狙ってお邪魔するっていうのはどう？」

「怒られるのが嫌で失態を小出しにして傷口を広げる小学生みたいね……」

「的確過ぎる例えはやめよう」

時に真実はなによりも残酷ってそれ一番言われてるんだぞ。

「えっと、それでお呼ばれの理由はなにかあるの？」

「それはほら今度の火曜日が中秋《ちゅうしゅう》の名月でしょ、だからウチでお月見でもどうかしらって」

「へえ……」

随分と雅《みやび》なことしてるなあ、これが代々のお金持ちか（偏見）。

「それってやっぱり天道家の恒例行事？」

「恒例、ってわけじゃないかしら。おばあさまは毎年用意してるけど、七夕《たなばた》と違っていつも家族が揃ってるわけじゃないし」

「あー、そういやお月見の日は毎年変わるんだっけ？」

「ええ、旧暦の八月十五日ね。ただ今年はちょうど満月とも重なるから、せっかくだし少し豪華にしようかって話なの」

「へえ、満月じゃない年もあるんだ」

「たしか八年ぶりって話だったから、むしろ珍しいのかもね」

勉強になるなあ。

「――それで、伊織くんはどうするの？」

「も、もうちょっと心の準備ができてからで……」

「もう！」

§

——お団子よし、お茶よし。

コンビニカゴのお月見セットを指さし確認して確かめる。

「伊織くん、これもいい？」

「あ、うん」

当たり前のようにカゴに追加された０．０１の金文字が眩《まぶ》しい箱は意識しないようにしてレジの順番待ちの列にならんだ。

迎えた今年の十五夜を、天道は実家ではなく僕の部屋で過ごすことになった。

曰く「伊織くんが来れないとなるとおばあさまが怖いし」だそうだけど、これはいよいよ天道家の心証をまずくしたのでは？

まぁ今更考えてもしょうがないので、あとのことは未来の僕に全部投げてしまおう。そして来たる日には後悔しよう。

つらい。

「今日、晴れでよかったわね」

「そだね」

でもまぁ講義のあとに泊って、翌日は僕の部屋から通学っていうシチュエーションに天道がご機嫌という良いこともあった。

彼女が喜んでくれるなら、ちょっとくらいの苦労は、苦労は……ちょっとでは済まないかもしれないことをのぞけばいいかなって。

「――あ、袋はいいです」

「はーい、あいあとやしたー」

レジの脇で部屋から持ってきたトートバッグに移し替えて、コンビニを出た。

九月の下旬でも夜はまだまだ生ぬるい空気が残っている。

夏との違いといえば、草むらの虫の声と少しだけ高く、色を変えたように思える夜空だろうか。

「そう言えば、伊織くん。マイバッグ持ち歩くようにしたのね」

隣を歩く天道が「前は持ってなかったわよね」と聞きながら、当然のように僕の腕を取る。

着ているパーカーは元々僕のなんだけど、最近はすっかり近場のおでかけ用にされた感があった。

「あ、うん、買い物の量とか回数とか、自炊が増えて多くなったから」

別に天道のお泊りがあるからって話じゃなくて、一度始めると自炊は自炊でいろいろメリットもあったんだよな。

「今日のご飯もおいしかったものね」

「ああ、白菜のやつ？」

「そう、それ」

「まぁ、昨日の残り物だけど」

切った白菜と豚バラをミルフィーユ状に鍋に敷いて煮ただけだし。

簡単でしかも結構量が作れて、しばらく持つからローテしちゃうんだよな。

「それでおいしいなら、いいじゃない。あれショウガが入ってたから寒くなってきたら、もっとおいしそうだし」

「ああ、うん。温まるよ、風邪気味のときに母さんが作ってくれてさ」

ネットのレシピみると味つけは母のオリジナルみたいなんだよな。

「じゃあ私も覚えないと。今度作るところ見せてね」

「え、アッハイ」

新しい方向からの不意打ちに、ちょっと口ごもった僕を天道が笑う。

くそう、自分はまだご飯作ってくれてないくせに……！

「ほら、伊織くん、あっちでしょ」

「あ、うん」

ぐいと腕を引かれて角を曲がる。

見えてきたのは近くの緑地だ。

公園と言うほどには大きくない、こぢんまりとしたスペースだけど大きな松の木が何本も立ち並び、夏には木陰と多少の涼を提供してくれた。

ちょうどそこにススキも生えていたので、本日のお月見場所となったのだ。

「月は……こっちだと、ちょっと見づらいね」

「お供えだけしたら少し移動しましょうか、伊織くんお団子だして」

「うん」

例によって椅子代わりに柵に腰かけてみると、ちょうど月が建物で隠れてしまう。

みたらし団子を受け取った天道は、ススキと月と向かい合うような位置に立ち、なにかに捧げるようにパックに入ったままのそれを持ち上げた。

「はい、おしまい」

「え、そんなんでいいの？」

「さぁ？　私も詳しい作法なんて知らないけど、お供えしたら大丈夫じゃない？」

「ええ……」

雑じゃない？

「そもそも三方《さんぽう》も代わりもないし、お団子の数も足りてないじゃない？　こういうのは気持ちの問題だから」

「適当だなあ」

とはいえ僕もわざわざ調べて本格的にやりたいわけでなし、月がよく見える位置に動いて団子とお茶を取り出した。

「ところで伊織くん、月を見て私に何か言うことはない？」

「アイラブユーの訳が直截《ちょくせつ》だから言いかえろって話なのにそれを伝えるのを意識して使うんじゃ結局無粋じゃないかって前から思うんだけど」

「早口。なに、そんなに気に入らない？」

「や、気に入る、気に入らないじゃなくてさ。そういう状況で、相手がそばにいてさ、そんな感想が共有できるなら、別にわざわざ言葉にすることもないんじゃないかなって」

「最初からそこだけ言ってくれればいいのに」

そう言って天道は僕に体を預けてくる。

「でもそうね、それなら、私もキミが何も言ってくれなくてもいいわ」

「うん……うん？」

——あれ、これ僕結局告白したみたいになってない⁇

恋人同士で今更だし、もちろんそういうつもりだし、照れはしても天道が聞きたいんなら頑張って言う覚悟はあったけど、予期せず零《こぼ》れるのは恥ずかしいぞ……！

「えっと……あ、そう言えば、お月見にご利益みたいなのってあるの？」

とりあえず話をして誤魔化すと、天道は「もう」と小さく呟いて団子をとった。

「秋だし、たしかお供えは収穫物をささげて、来年の豊穣祈願？　お団子は健康になるんだったかしら」

「ふぅん」

そうして自然に天道があーんしてきたお団子を食べてしまった自分が怖い。

人は慣れるとこんなにも容易くイチャイチャしてしまえるものなのか……。

お行儀悪いと叱られないよう、もっちゃもっちゃと黙って団子を食べておく。

「――でもさ、農家の人以外が祈願した豊穣はどうなるんだろうね」

「農作物の影響は誰だって受けるから、ちゃんとそっちにいくんじゃない？」

それもそうか、と思いつつこんな与太話に天道も付き合いがいいなあなんて思っていたら、ちょっと不吉っぽい笑みを彼女は浮かべる。

「それにまぁ、伊織くんがまける種もないでもないし」

「ゴホッ」

はしたない、はしたないぞ天道！

いきなりなんてこと言うんだ。

「つかささ、それ……ッ！」

「ほら落ち着いて、お茶飲んで」

実に楽しそうないじめっ子の恋人が笑み崩れながら差し出したお茶を流し込む。

まぁお団子食ってる最中じゃなかっただけタイミングは図ってくれたんだろうけどそれにしたって酷い下ネタだ。

「あのさぁ……」

「あら、してくれないの？　買うの止めなかったから、伊織くんも今日はそのつもりだと思ったんだけど」

「ごほっ」

別にそうはいってませんけど⁇

こう思ってるあたり、すでに負けなんだろうなあ、と思いつつもせめてもの抵抗を試みる。

いつまでも弄られてばっかりの童貞だと思われるのも癪《しゃく》だ。

「——や、だってそうならないために買ったんでしょ。どの道空振りだよ」

そもそもその場合は、子宝祈願になるんじゃなかろうか。

お月見のご利益がどの神様の担当なのかは知らないけど、管轄外だろう。

「まぁ、それはそうね」

「だよね」

そうしてちょっとやり返せたぞと思っていた僕を、必要以上の反撃が襲う。

「でもね、知り合いに聞いたんだけど、コンドームを着用してでも年に二パーセントくらいは事故が起きるらしいわよ」

「――ヒエッ」

天道家への挨拶ができちゃった婚の報告になる未来の幻視は、震えるほどに恐ろしかった。

それでも結局、僕は部屋に残っていた箱の分を使い切るくらいすることはした。

月が綺麗な秋の夜に、僕の恋人はそれ以上に綺麗だった（惚気）。

秋の恋人編　彼女と彼女の可哀想な友達

「——ごめん、もっかい言ってくれる？」

高校時代からの友人の言葉に、水瀬英梨《みなせえり》はまず自分の聞き間違いを疑い、次に相手の本気を疑って、結局は自分をごまかすことができずに、もう一度真実と向き合うことにした。

「だからね、伊織《いおり》くんの誕生日プレゼントに、コスＲＯＭ《ロム》？　っていうのを作りたいから、協力してもらいたいんだけど」

「聞き間違いじゃなかったかぁ……」

去年はあまり見られなかった友人の朗らかな笑顔も、話題が話題だけに手放しでは歓迎できなかった。

「……なんでそんなの作ろうと思ったわけ？」

泥沼の気配を感じつつも、一応方向修正のとっかかりを探そうと聞いてみれば、天道《てんどう》つかさはさも名案を聞かせようとするようにドヤ顔を浮かべた。

「彼ね、ＰＣゲームが好きなんだけど。よく遊んでるゲームって、結構えっちな感じのキャラクターが多いのよね」

　ひどい誤解だ、と当人が聞いていたら嘆くであろう偏見も、ゲームにうとい英梨はそうなんだと素直に受けとってしまう。

「まぁでもゲームの女キャラって大体そんなもんじゃない？　それで？」

「だから私がそのキャラでコスＲＯＭつくってあげたら喜ぶかなって。行ってあげられないときにも寂しくないだろうし」

「そこまで聞いてないから……まぁ、喜ぶか喜ばないかでいえば喜びそうだけど、さすがにそれが誕生日プレゼントってのは微妙じゃない？」

　いまだに単純そうで面倒くさい志野《しの》伊織という青年の全容は掴みかねているものの、誕生日プレゼントで恋人のえっちな画像を送られて手放しで喜べるような性格はしていないように思える。

　本心では少し嬉しいけども素直にそれを表すわけにもいかない、みたいな苦虫をかみつぶした顔なら容易に想像できるけども。

「そうかしら……」

「あとなんかエロ前提みたいに聞こえたけど、ただのコスＲＯＭなんだよね？」

「コスＲＯＭって、コスプレしたえっちな画像をまとめたものじゃないの？」

「それ、絶対他人の前で言わないでよ……」

畑違いではあるものの、コスプレした画像集以上の意味はないはずだ。おそらく。

「そういう表現も中にはあるだろうけど、それだけじゃないから」

まぁ全年齢向けであってもそれっぽい感じにはなってる気がするが。

「そう？　じゃあえっちなコスＲＯＭ撮ろうと思うんだけど、協力してもらえる？」

「言い直したところで普通に嫌なんだけど……大体、衣装はどうすんのよ、衣装は」

「多分Ｗｅｂで売ってたり、作ったりしてるでしょ？　それで頼む気だけど」

「志野の誕生日っていつだっけ？　そんなに時間ない気がするけど」

「十一月二十七日。あら、知らないの英梨？　納期ってお金で左右できるのよ」

「悪い金持ちみたいな発言やめなって。あとアタシは撮らないからね」

「え、なんで？」

「どこの世界に友達の彼氏の誕プレのために、友達のエロい写真を撮りたがるのがいんのよ！」

「大丈夫、全部脱いだりしないから。コスプレでそういうのＮＧなのよ？　風情《ふぜい》がないんですって」

「そういう話じゃないんだって……」

完全に人の話を聞かないモードに突入した友人に溜息をつく。

あとそのコスプレは絶対また違うジャンルの話になっているだろう。

「カメラ貸すからさ、自分で撮るか、他のに撮ってもらって。真紘《まひろ》あたりなら理解もあるでしょ」

「いやよ、だって英梨が一番私を綺麗に撮ってくれるじゃない？」

「――それは、そうだけどさ」

趣味を同じにする知人からつかさに被写体を頼めないか、と仲介を頼まれたことは過去に何度もあった。

それを引き受けたり断ったりがある中で、友人の感想の中に常に含まれてきた言葉。

自分たちのあいだにお世辞なんて今更必要じゃない、本心からだとわかっているからつい表情が緩みそうになる。

「だからって志野のためにつかさのエロ撮るのはいやだから」

「ええー？」

「っていうか、マジでもっと別なのにしてやりなよ。アイツも多分微妙な顔するって」

「うーん、そう言われるとそうなんだけど……でも付き合って最初の、しかも二十歳の誕生日になるんだし」

「あとさ、あんまりインパクト強いと来年から苦労することになんない？」

「それは、そうなのよね……」

うーん、と真剣に悩み始めた姿に、難を逃れたのにほっとするのが半分、そんなに真剣に考えてもらっている友人の恋人へのもやもやが半分。

それが英梨に、思い付きを口にさせた。

「いっそもう酒でも飲ませてさ、体にリボンでも結んで『プレゼントは私』ってやったら？　志野ってそういうの好きそうじゃん」

そうして当然のようにすぐに後悔することになった。

「あぁ、それの準備はもうしてるし、絶対するけど。ただほら、形が残るものもあげたいじゃない？」

そう語った友人の目が、この上なく真剣だったから。

「へえ」

――そうじゃん。こう来るに決まってたよね……。

なにせ天道つかさはその偏差値激高《げきだか》の顔面に相応しい自負心の持ち主で、それから生まれる積極性ときたら、さながら行動力の化身と言えるような存在だったのだから。

「そういうのに使えそうな、下品になりすぎないくらいでエロカワな下着があったの、見てみる？」

「いい、いらない」

「そう？　じゃあ伊織くんの反応だけ、聞かせてあげるわね」

「それもガチでいらないから」

迂闊な発言を心底悔やみながら、水瀬英梨は降って湧いたこの難題をどうにか軟着陸させるべく思案を巡らせることになった。

後日、事情を聴いた知人の「可哀想」の一言が、なにより辛い事だったかもしれない。

冬の番外編　彼女と彼女の可哀想でもない友達

「伊織《いおり》クンのクリスマスプレゼントばなんにするかって?」

休み時間、久々に話を持ち掛けた友人は、怪訝そうな声でそう問い返した。

「ええ」

「……つかさちゃん、ようそがん《そんな》ことウチに聞くね」

「あら、なにかダメだった?」

愛嬌のある顔を膨らませた葛葉《くずのは》真紘《まひろ》の頬をつつくと、尖らせた口から空気が抜けた。

恋人にちょっかいをかけられた事実は事実として、決着はすでについたこと。

元々自らの勝利を、ひいては恋人の誠意を疑っていなかったつかさには、もうこだわるところはないが、真紘もそうかはわからない。

だから、この話は互いに貴重なはずの友人関係が今後も続けられるかどうか、それを確かめる意味もあった。

「なんー、こがん《こんな》話ばしてもう気にしとらんって言いたいと?」

「というより真紘のことは変わらず友達だって思ってるだけ」

上目遣いで向けられた猜疑《さいぎ》の視線を、まっすぐに受け止めてそう返す。

精一杯の険がある表情を作っても、小首をかしげたあざとさの方が印象強い友人は、しばし見つめ合ったあと大きく息を吐いて表情を緩めた。

「あーあ、つかさちゃんってほんっと憎らしい《らしい》かね」

「褒め言葉として受け取っておくわ」

「まぁウチはつかさちゃんがよかならよかけど。でも英梨《えり》ちゃんには聞かんでよかと？」

「英梨には誕生日の時に相談に乗ってもらったのよね」

「別に相談に回数制限とかなくない？」

「その時に次はパスって言われたのよね」

「えー？　ダメ出しとかしたと？」

「それはむしろ私がされた方」

「ふーん？」

「まぁそれに恋人へのプレゼントなら経験者の真紘の方が適任じゃない？」

「そい《それ》はそうね」

言って真紘はむん、と豊かな胸を張る。

実際、正式な男女交際の経験では友人間でも群を抜いているのだ。

破局も同数というのはいただけないが、プレゼントのセンスにはかかわってこないだろう。

あまり大きな声では言えないけれど、彼女の元カレたちの嗜好は傾向として伊織のそれに近しいはずだし。

「しょんなか《しかたない》ねー、そがん事情ならウチが相談のったげる。あ、じゃあ誕生日は何ば《を》あげたと？」

「エプロンね、伊織くんよく料理作ってくれるから」

「へー、伊織クンが料理すっと《するの》は驚かんけど、つかさちゃんのプレゼントらしくはなかー」

「ちょっと、どういうのなら私らしいの」

「なんかアクセサリーとか？　そい《それ》ば《を》つけさせて『自分の！』ってすると」

「私ってそんな独占欲強そうに見える……？」

「んー、人向けっていうより自己満足？　そいで相手に意識してもらうとよ」

「それ真紘のことでしょ」

「なんのことかわからーん」

図星だったのか、真紘はわかりやすく視線を逸らす。

いかにもらしい仕草に、つかさもおおげさに肩をすくめて返した。

「もう……それと伊織くんってあんまりそういうの好きそうじゃないのよね。腕時計も部屋に置きっぱなしだし」

「あー、そう言えばなんもつけとらんね。じゃあアクセはダメったい、ペアリングとかよかと思ったとけどー……」

「そうね、でもそれはどちらかと言えば彼から贈って欲しいし」

「へー、つかさちゃんもかわいかことというとね」

「どういう意味よ」

「そういう意味たい。あ、じゃあじゃあエプロン贈ったとやったら次はなんか調理器具は？　高《たっか》い包丁とか」

「悪くはないけど、そればっかりだと催促してるようにならないかしら」

「あー、そうね、男ん子は作って欲しかろうしー。あ、そう言えばつかさちゃん料理はしてあげたと？」

「ええ、何度か。まだ向上の余地はあるけど、とりあえず出せるくらいにはなったから」

「伊織クン喜びよった？」

「――そうね、喜んでくれたわ」

　喜びの表現はかなり独特だったけど。

「ほらー、ウチん言った通りやろ？　料理は気持ちよ、そいがあればたいていは喜んでくれると！」

「私は手際か手間暇って習ったけど」

「そいは主婦の目線よ、恋人が作るとは違うと。あ、じゃあじゃあご飯作ったげたら？　すっごく豪華かと」

「プレゼントと一緒に、はともかくそれだけはちょっと。あとどうせなら私もおいしいもの食べたいし」

「ならおいしかもん作ればよかろーもん」

「まだ向上の余地があるって言ったでしょ。それだと用意に時間もかかるし、最初のクリスマスなんだもの、できるだけ一緒にいたいわ」

「なら一緒に作ったら良くない？」

「それは、悪くないかもね。でも、何か形があるものでいいのはない？」

「じゃあ婚姻届！」

「形はあるけど、提出するものでしょ、それ。あと喜ぶよりも微妙な表情するのが目に浮かぶわ」

「ええー？　ウチにあそこまで言っといて二人とも結婚せんとー？」

元々は婚約者だし、相応しい段取りがあるでしょ」

とはいえ彼の性格を考えると、それとなく（つかさ比）確かめた時の返事は色よいものだった。

とはいえ彼の性格を考えると、急かすような真似をすればプレッシャーは感じるだろう。

それに。

「そもそも一度、私のせいで流れた話でもあるし。あんまり厚かましいのもね」

「つかさちゃんもそがん遠慮とかすると？」

「結婚ってなると伊織くんだけじゃなくてご家族のこともあるでしょ」

「もー、めんどくさかねー」

「そもそもがこじれた話だったもの」

つかさもしっかりと把握していなかった両家の三代に及ぶ関係は、まさに因縁と呼ぶのに相応しいものだった。

求められ応えられなかった祖母に、求めて応えられなかった母、そして紆余曲折あったつかさ自身、それらが解消された結果、伊織とつかさが付き合っているというのもどこか不思議な気がするけれど。

「でも多分伊織クンこれからモテると思うよ？　よかと？」

物思いはどこか面白がるような響きをふくんだ友人の声で中断された。

「真紘が言うと説得力あるわね」

「ウチは動機がちがうもーん」

「はいはい。まぁ彼のガードの堅さは真紘も知ってるでしょ」

「うーん、でもねー、女子慣れしてくっと余裕がでてこよー？　そいがいかん《ダメな》時もあるとよねー」

「ちょっと、やめてよ」

おそらく実体験から来るものだろう、妙な実感のこもった言葉は淡々としているだけに少々の不安をあおった。

変わると言えば、頑として拒まれていた当初から、つかさへの態度が変わったこともまた事実ではある。

「そもそも、伊織くんよ？」

「あー、そうね。伊織クンは変なところで自信あるけん。ほんとにモテるようになってもふわふわせんで大丈夫かもね」

「否定はしないけどその評価はどうなのかしら……」

変なところで、というよりは対人関係以外ではきちんと自己評価ができてる、というのが正しい気はする。

モテるモテないといったところに加えて、彼が言うところの陰キャ・陽キャ論がからむと途端にこじれるだけで。

「まぁそれよりプレゼントの話。真紘が喜ばれたプレゼントとかないの？　色々言ってくれたんだし、なにか贈ったことくらいあるでしょ」

「ウチのー？　んー」

しばし考え込む素振りを見せたあとぽんと手を打つ。

「あんね、裸で体にリボンば巻いてー、ウチがプレゼントってしたの！　……どうしたと？　つかさちゃん。変な顔して」

「英梨も同じこと言ったのよね、してみたら？　って話だったけど」

「そいはよかアイデアってことたい」

「それより『類は友を呼ぶ』な気がするけど」

英梨は嫌な顔をしそうな評価ね、とつかさは思う。

「えー？　でもウチん時はバレンタインやったけど、実際声もでんくらい喜びよったよ」

「私も悪くないとは思うけど、誕生日に似たようなことしちゃったのよね。形があるもの

で良かったのは？」

「えー、でもアクセはダメとやろー？　なんか洋服とかは？」

「秋の内に結構揃えちゃったのよね、伊織くんの部屋ってそんなに収納に余裕があるわけでもないし」

「あー、つかさちゃんも服でマーキングしとるたい。さっきウチだけ独占欲強かみたいに言ったとにー」

「そう？　知らんもーん」

「真似っこせんで、そがん意地悪するならもう知らんよー」

「ごめんなさい、ほら拗ねないで」

「大体ウチにばっかり聞いて、つかさちゃんはなんも考えとらんと？」

「私？　そうね、スマホの、秋に出たモデルとかはどうかしら」

「そいはさすがに高くない？」

「あら、そうだった？　あんまり気にしてなかったけど……むしろ真紘は値段とか気にするのね」

「ウチんとこはつかさちゃん家《ち》と違ってお金持ちやないもん」

それにしては恋人がいる時は結構な浪費をしていたように思うけど……。

「まぁ、私も候補をあげたから、次は真紘の番」

「そがんルールと？　えー、じゃーあ寒くなって来たけん、布団乾燥機」

「急に方向が変わったわね……」

「あると便利よー、お布団が湿っても乾かせるけん」

「まぁ値段次第で悪くはなさそうだけど、恋人へのクリスマスプレゼントとしては相応しいの？」

「もー、人に聞いといてなんでそがんこと言うとー、じゃあもうえっちで良くない？　絶対喜ぶもん」

「それもプレゼントとは別腹でしょ」

「でもするのはするとやろ？」

「付き合ってる二人がクリスマスにしないなんてあるの？」

「そいはそう。あ、じゃあじゃあ、普段と違うことしたげるとは？」

「一応、それなりには考えてるけど。お勧めは？」

「男ん子が好いとーとはね、コスプレとおっぱい！」

「――いいわ、続けて」

世の男子に抗議されそうでもあり、黙って頷かれそうでもあったが、この場には否定も肯定も、ついでに突っ込む者もいなかった。

「さっきも言ったけどリボンとかー、定番の高校の制服とかー？　あとはせっかくクリスマスやけんサンタもよかね。逆にアニメとかゲームのキャラは解釈違い？　とか言われることもあるけん注意せんばよ《しないと》」

「そう聞くわね」

「そいでつかさちゃんの得意なえっちか《な》ことしてあげれば完璧たい！」

「胸でしてあげたらってこと？」

「そう、つかさちゃんくらいあれば色々できるやろ？」

「どうして私のサイズで『あれば』が、十分条件じゃなくて必要条件に聞こえるのかしら……」

「そいであとは別に手でも口でも足でもよかけど、今までしとらんことしたげれば、そいもプレゼントになろー？」

「あんまりマニアックな趣味に目覚められても困るんだけど……」

「そいでもー、飽きられんためには仕方なくない？」

「そうね、伊織くんに飽きられるなんて考えられないけど、新鮮さは大事よね」

「つかさちゃんはなん、惚気ば定期的に挟まんとダメと？」

「え？」

「自覚ないと……？」

珍しく慄《おのの》いたような表情を見せる友人と、互いに首をかしげてしばし見つめあう。

「――つかさちゃんって、つけまつげしとらんとやった？」

「なによ、急に」

「なんでもなかけどー」

「そう？　ええと何の話をしてたかしら……」

「えっちしたげるかどうか？」

「それはする前提でしょ。でもそうね。せっかくのクリスマスだもの、ちょっと特別なことしたっていいわよね」

「そうそう、去年のウチとかねー――」

（なんか、イヤな感じの盛り上がり方してる……）

こうなった時に止められる唯一の存在である水瀬《みなせ》英梨が、妙な飛び火を受ける予感を覚え話が落ち着くのを待った結果、顔面偏差値激高の女子たちは成功体験に基づく結論に至り、十二月二十四日に志野伊織はすごいことになることが決定された。

あとがき

このたびは「続々・『美人でお金持ちの彼女が欲しい』と言ったら、ワケあり女子がやってきた件。」をお買い上げいただきありがとうございます。小宮地《こみやじ》です。

続々ということで本作も三巻目。さすがにこの巻からお買い上げの方はいらっしゃらないかと思いますので、いつもありがとうございますとご挨拶させていただきます。

三巻の発売が喜ばしい一方で、Ｗｅｂ版の第一話を投稿してから、まもなく二年が経とうとしていることに驚きます。

作中ではようやく半年が経過したくらいなのですが、現実ではヤングドラゴンエイジにて連載中の漫画版単行本第一巻が発売されたりしております。

小説とは違った二人の魅力が爆発しておりますので、未読の方はこちらも是非（宣伝）。

結びに謝辞を。

イラストレーターのＲｅ《れ》岳《たけ》様。

毎回顔のいい女の素敵なイラストをありがとうございます。
今回の表紙絵差分は過去一のギャップもあって、反響が楽しみです。
漫画版作画担当の白鷺六羽《しらさぎろくわ》様。
素敵な寄稿イラストありがとうございました。
隔月誌で二話掲載を続けられる剛腕にいつも感服しております。
担当編集川口《かわぐち》様。
今回もご迷惑をおかけしました。本当にありがとうございます。
この本を手に取ってくださった読者様にお礼を申し上げます。
今回のお話を少しでも楽しんでいただけたなら幸いです。

3巻発売
おめでとうございます!!
コミカライズ担当の
白鷺六羽です。
漫画の方も
①巻が出てます。
小説とはまた少し
違った表情の2人が
見られますので
ぜひそちらも
よろしくお願い
いたします。

ファンレター、作品のご感想をお待ちしています！

【宛先】
〒104-0041
東京都中央区新富1-3-7　ヨドコウビル
株式会社マイクロマガジン社
GCN文庫編集部

小宮地千々先生 係
Re岳先生 係

【アンケートのお願い】

右の二次元バーコードまたは
URL（https://micromagazine.co.jp/me/）を
ご利用の上、本書に関するアンケートにご協力ください。
■スマートフォンにも対応しています（一部対応していない機種もあります）。
■サイトへのアクセス、登録・メール送信の際の通信費はご負担ください。

本書はWEBに掲載されていた物語を、加筆修正のうえ文庫化したものです。
この物語はフィクションであり、実在の人物、団体、地名などとは一切関係ありません。

GCN文庫

続々《ぞくぞく》・「美人《びじん》でお金持《かねも》ちの彼女《かのじょ》が欲《ほ》しい」と言《い》ったら、ワケあり女子《じょし》がやってきた件《けん》。

2023年6月26日　初版発行

著者　小宮地千々《こみやじちぢ》

イラスト　Re岳《れたけ》

発行人　子安喜美子

装丁　森昌史
DTP／校閲　株式会社鷗来堂

印刷所　株式会社エデュプレス

発行　株式会社マイクロマガジン社
〒104-0041　東京都中央区新富1-3-7　ヨドコウビル
［販売部］TEL 03-3206-1641／FAX 03-3551-1208
［編集部］TEL 03-3551-9563／FAX 03-3551-9565
https://micromagazine.co.jp/

ISBN978-4-86716-402-0 C0193

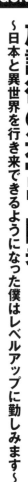

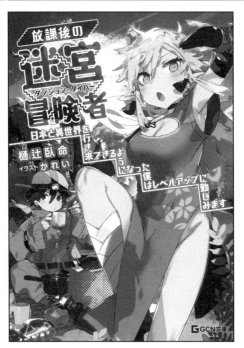